AF397542

Liekki

Rosa-Maria Petriné

Kannen suunnittelu: Rosa-Maria Petriné
Sisuksen taitto: Rosa-Maria Petriné

Kustantaja: BoD · Books on Demand,
Mannerheimintie 12 B, 00100 Helsinki, bod@bod.fi
Kirjapaino: Libri Plureos GmbH, Friedensallee 273,
22763 Hampuri, Saksa

ISBN: 978-952-80-9578-1

Iso kiitos tuesta ja kanssakulkemisesta perheelle ja
ystäville tässä pitkässä projektissa.

Billin muistoa kunnioittaen.
 (1938-2022)

Rosa-Maria Petriné

PROLOGI

Hiljaa se saapui. Yö.
Seurasi vanha kuolema yötä.
Kuun kajo kalpeni liekille.
Hiljempaa se poistui. Yö.
Seurasi yötä vanha kuolema.
Vieden liekin mukanaan.

Tumma hahmo katseli rinteeltä, kuinka lieskat nousivat vanhan linnan ikkunoista. Näky oli hänen mielestään huumaavan kaunis. Tulen kohinassa hän katseli näkymää haltioituneena, puristaen sormiaan nyrkkiin. Oikeassa kädessä kimmelsi näyttävä sormus. Kaunis rubiinisormus oli hänen sormessaan suurehko.

Sormenpäähän oli tullut haava. Pieni veripisara tipahti paidalle. Hän nuolaisi hitaasti sormenpäätään, maistaen veren maun. Hymynkare suupielillä näytti jäätävän mielikuvan hulluudesta. Eikä kukaan tässä maailmassa ollut sitä todistamassa.

Liekit hellittivät hetkittäin otettaan vanhan linnan rakenteista, haudaten mukanaan ruman salaisuuden. Silmät hehkuivat mielipuolisena, kirkkaina, smaragdin vihreinä. Hän tunsi energian virtaavan kehonsa läpi, tuoden mukanaan samalla oudon rauhan.

Olkapäällä roikkui vanha, vaatimaton kangaskassi. Se piti sisällään kaiken tarpeellisen. Passin, pankkikirjan, korujen ja kukkaron lisäksi mukana oli siemeniä. Ne olivat pakattu huolellisesti omaan, pieneen kangaspussiin, muoviin käärittynä. Oli aika jatkaa matkaa.

Au revoir á la belle!

1 . L U K U

Vihreä sammal oli ottanut vallan päätyseinän tiilistä. Sateinen alkusyksyn aamupäivä väritti pihan lehtipuita. Lulun katse kiersi pihapiiriä arvioiden ja samalla ihaillen maisemaa. Hän aisti talon ulkoseinien tarinan menneiltä ajoilta. Ne kätkivät sisäänsä elettyä elämää. Hän saattoi haistaa sieraimissaan ajan patinan. Tuoksu toi mieleen muistoja lapsuudesta ja ajasta, jonka hän oli lähes kokonaan unohtanut.

Talo oli täydellinen hänelle. *"Pientä stailausta,"* hän ajatteli, *"kenties vähän keittiöremonttia ja sillä chick."*

- Lukko saattaa olla hieman ruosteessa. Kiinteistövälittäjä pyöritti avainta liiankin sukkelaan.

- Saanko minä? Tämä olisi minulle tärkeää, Lulu pyysi.

Kiinteistövälittäjä katsahti asiakastaan ja näki hetken naisen silmissä välähdyksen. Ehkä tämä outo asiakas todellakin oli kiinnostunut vanhasta, hieman ränsistyneestä rinnetalosta pohjoisella rannalla. Juuri siltä puolella, minne aurinko ei koskaan paistanut.

- Totta kai… Ole hyvä. Kiinteistövälittäjä ojensi naiselle avainnipun epäuskoisena.

Hän oli nimennyt naisen mielessään liekiksi. Tämä siksi, että naisen hiukset todellakin liekehtivät, suorastaan lainehtivat virkatun, pitsisen päähineen alta. Hehkuvan punaisen oranssi latvakihara hyppi rauhattomasti, jopa ärsyttävästi näkökenttään. Hänen oli tehnyt mieli tunkea kiharat päähineen sisään, pois silmistään.

Nainen otti avainnipun käteensä ja valitsi avaimen. Hän työnsi sen lukkopesään. Naps. Ovi aukesi helpon oloisesti.

- Niin, siis tämähän ei ole ollut asuinkäytössä vuosiin. Saunatilat ja keittiö ovat uusittuja 90-luvun puolella, kiinteistövälittäjä jatkoi rauhattomasti ja tutki samalla outoa naista ja tämän liikkeitä.

Hänellä oli tunne, että halusi paeta paikalta mahdollisimman nopeasti ja jättää nainen hekumoimaan ränsistyneen talonsa kanssa yksin.

- Kappas edellinen asukas on jättänyt tähän nurkkaan vanhan golfmailansa. Sillehän voi löytyä yllättävääkin käyttöä, kuka tietää? Kiinteistövälittäjä naurahti kuivaan tapaansa yrittäen olla huumorintajuinen.

Vaalea koivuparkettilattia vastaanotti tulijat pehmeästi sisään suureen eteisaulaan. Talo henki 60-luvun tunnelmaa suurine eteisnaulakkoineen ja syvennyksineen. Suoraan edessä avara olohuone yhdistyi kauniiseen ruokailutilaan. Ikkunat loivat syksyistä taideteosta järvelle. Oli vaikuttavaa katsella suuria, ikääntyviä lehmuksia punaisilla lehdillä, jotka kaartuivat oksillaan kauniisti rantaveteen. Olohuoneen ikkunoista avautui maagisen kaunis näkymä. Se toi Lulun mieleen muistoja kaukaa.

- Entä tuo puutarha tuolla alempana? Kuuluuko se mukaan? Ja ranta? Lulu kysyi uteliaasti.

- Kyllä! Puutarha ja ranta todellakin kuuluvat kaupan hintaan! Kiinteistövälittäjä vastasi turhankin innokkaasti.

    Ranta, minne aurinko ei koskaan luo yhtäkään auringonsädettään, kiinteistövälittäjä ajatteli sarkastisesti.
- Hienoa!

Lulu nautti pihatöistä isolla etupihallaan. Syyskuun aurinko leikitteli puiden latvoissa tuoden valoa muuten niin pimeään pihaan. Hän oli niin uppoutunut mielipuuhaansa, ettei huomannut naista, joka tarkkaili häntä tovin aidan takana.

- Hej då! Olet ilmeisesti uusi naapurini! Hur går det? Utelias ääni aidan takaa pysäytti Lulun. Jo osittain harmaantunut, virkeän oloinen nainen keltaisissa kumisaappaissaan katseli uutta naapuriaan ystävällisesti, kuin odottaen vastausta kysymykseensä.

- No hei! Paikka on upea! Lulu huusi ääntä kohden hyväntuulisena, mutta samalla epäuskoisena näkemästään. Kuka oli tämä viehättävä ja arvokkaan oloinen naishenkilö? Oliko hän uhka vai mahdollisuus?

- Olen Rebecca! Kenet saan tuntea? Ääni jatkoi sinnikkäästi.

- Lulu. Lulu Hasbia. *"Voi ei, olisiko pitänyt sanoa jokin muu nimi?"* Hasbia. Nimi livahti suusta ulos ennen ajatusta.

- Men hej Lulu! Sinulla on upea yrttitarha alarinteessä, Ne voivat edelleen hyvin. Jo toistakymmentä vuotta. Rebecca jatkoi.

- Kyllä, olenpa ollut onnekas! Tämä talo on aarteeni. *"Et uskokaan, kuinka onnekas,"* Lulu ajatteli.

- Hör du, mikset tulisi illalla piipahtamaan luonamme. Minä ja mieheni Robert pidämme tänään pienet illanistujaiset? Paikan päälle tulee uusia naapureitasi tästä rinteeltä sekä Lehmuskujalta? No men, täytyyhän sinun päästä mukaan asukastoimintaamme ja tähän upeaan porukkaan, mitä me edustamme. Rebecca houkutteli.

- Illalla? En tiedä, aika paljon olisi tässäkin…

- Höpsis, pitää myös levähtää! Kello 18.00. Ei nyyttikestejä, tuot itsesi. Nähdään! Vi ses!

Rebecca tiesi oman vahvuutensa ja yksi niistä oli periksiantamattomuus. Jälleen kerran hän sai vastapuolen kietoutumaan näkymättömään verkkoonsa ja tahtonsa läpi. Rebecca oli päättänyt ottaa uudesta naapuristaan selville kaiken.
 Aivan kaiken.

xxx

Iso avainnippu kilisi taskussa iloisesti. Kymmeniä avaimia eri paikkoihin ja valta käyttää niitä, toivat outoa vallan tunnetta. Hän tiesi, että asunto oli tyhjä. Sen omistajat olivat lähteneet jo hyvissä ajoin etelän lämpöön. Tämä olisi luottamustoimen parhaita paloja. Hän pääsi katsomaan, miten ihmiset tässä yhtiössä oikeasti elävät.

Ovi aukesi helposti. Sisään tullessa lievä ummehtuneen sisäilman haju tuli vastaan. Jääkaappi oli jätetty päälle.

Noniin, näin sitä virtaa säästetään. *Mokomatkin kapitalistit,* hän ajatteli mielessään. Jääkaapin ovi aukesi ja siellä ollut oluttölkki napsahti auki. Tölkin klipsu lensi kaaressa nojatuolin taakse.

Miten epämukavat tuolit istua, hän ajatteli. Jalat nousivat lasiselle olohuoneen pöydälle ja olutta valui tölkistä samaan aikaan itämaiselle matolle ja nojatuolille. Hänellä olisi hyvin aikaa käydä paikat läpi. Viimeisimmästä asunnosta löytyi perintökoruja. Hän oli saanut ne helposti myytyä eteenpäin. Eikä kukaan ollut edes huomannut sitä.

Hän siemaili silmät suljettuina olutta ja nauttien samaan aikaan huumaavasta jännityksen tunteesta, joka valtasi kehon kauttaaltaan. Hänen olotilansa oli euforinen. Hän aukaisi silmät hitaasti, viipyillen ja silloin se tapahtui. Nainen seisoi hänen edessään. Kaunis, viaton, nuori nainen kellohameessaan tuijotti häntä häpeilemättömästi.

- Mitä helvettiä! Mikäs se sinä olet?

- Ovi oli auki. Sinä et asu tässä. Minä tiedän. Sinä et ole minun naapuri, tyttö sanoi lapsellisesti.

- Yhtiön hallituksen jäsenenä olen valtuutettu katsomaan kaikki tyhjillään olevat asunnot. Nyt kuule sinä menet siitä ja hyvin pitkälle. Ja poistut tästä asunnosta, niin kuin olisi jo. Hus, pois!

Tyttö juoksi hädissään pois.

Hän ei koskaan unohtaisi tytön ilmettä. Se oli samalla hämmästynyt ja samalla tyhjä.

Kertoisiko tyttö jollekin, että oli nähnyt hänet toisen asunnossa? Mitä kaikkea tuo ilmestys pystyikään käsittämään. Uskoisiko kukaan häntä? Entä jos varkaudet yhdistettäisiin häneen? Yhteiskunnallinen asema oli enemmän kuin vaarassa. Mitä hän voisi tehdä asian hyväksi? Hän ei saanut paljastua. Ei nyt.

xxx

Hän mittasi katseellaan itseään peilistä ja hymähti. Ikäisekseen aika oli kohdellut häntä todella hyvin. Punainen, lyhyt polkkatukka taipui latvoista ylöspäin, luoden kuvaa hauskasta, ikääntyvästä naisesta, joka oli sinut jokaisen kurvinsa kanssa. Hän oli pukeutunut kullanväriseen tunikaan ja mustiin suoriin nylonhousuihin. Kalpeat kasvot saivat luontevasti hehkua tunikan ylellisestä värimaailmasta. Asusteen kauniit, kellomaiset hihansuut olivat käsityönä, ammattitaidolla kirjoiltu helmillä.

Hän tunsi voivansa paremmin kuin pitkään aikaan. Vielä pieni hipaisu kiillettä huuliin ja menoksi. Hän otti mukaansa kauniin lahjakassin, joka sisälsi hyvää, ranskalaista punaviiniä. *Cabernet Sauvignon ei petä koskaan*, hän ajatteli.

- Men hej! Tervetuloa sisään vain! Rebecca toivotti vieraansa sisään hyväntuulisesti.

Rebeccan posket hehkuivat ja paljastivat emännän hilpeyden syyksi jo aiemmin nautitut punaviinilasilliset.

- Mieheni Robert! Hän ei puhu hyvin suomea, mutta ymmärtää joka sanan.

Lulun katse kiinnittyi pitkään, hoikkaan olemukseen, joka vaitonaisesti hymyillen tervehti vierastaan. Mies oli erittäin charmantti, arvokas, ja kohtelias.

- Mieheni on Amerikasta. Tapasimme Chicagossa noin 50 vuotta sitten. Robert kiinnitti huomioni heti. Hän sai todellisen jalokiven, minut, Rebecca jatkoi ylimielisen varmasti.

- Onpa teillä muuten kaunis talo! Lulu katseli ihastellen eteisen taidekokoelmaa, joka oli nopeastikin vilkaistuna vaikuttava. Hän tunnisti suuria nimiä teoksissa ja jäi miettimään, *kuka on Rebecca*?

-Olen taiteen intohimoinen keräilijä. Toki itsekin maalaan, mutta huutokaupat ja kirpputorit ovat paikkoja, missä teen aina löytöjä. Rebecca puhui ylitsevuotavasti ja nautti huomiosta, jonka uusi vieras hänelle soi.

- Mutta tule toki peremmälle, esittelen sinut muille vieraille. Rebecca jatkoi.

Sisääntulossa aukeni vaikuttava näkymä. Lulu astui sisään avaraan olohuoneeseen. Näkymä järvelle oli vieläkin upeampi kuin hänellä.

Yht'äkkiä hän huomasi liikettä rannalla. Oliko se todellista vai ei? Kyllä. Joku käveli rannalla ja veti perässään jotakin. Samassa hän tunsi hennon hipaisun olkapäällänsä ja näky rannalla unohtui hetkeksi.

- Hei! Olet kuulemma uusi naapurimme?

Hauskannäköinen, pitkä komistus katseli uteliaasti Lulua päästä varpaisiin. Miehen tumma, hulmuava otsatukka valahti toisen silmän päälle luoden kuvan vallattomasta keski-ikäisestä miehestä, kenellä oli aina pilke silmäkulmassaan.

- Hei! Kyllä, muutin vasta pari päivää sitten. Olen Lulu, Lulu Hasbia. Hauska tutustua.

Naapuri, hän ajatteli. Millainen naapuri tämä komistus mahtoi ollakaan, siitä piti ottaa selvää, Lulu puntaroi ajatuksissaan.

 - Olen Nicki. Carlenius. Hauska tutustua myös. Nicki kumarsi pienesti Lulun suuntaan ja väläytti vallattoman hymynsä hänelle.

Hurmuri siis. Haluaa kenties vain flirttailla? Tai viedä leikkiä pidemmälle? Tämähän alkaa vaikuttaa mielenkiintoiselta, nainen ajatteli. Hän alkoi kiinnostua toden teolla uusista naapureistaan.

- Ja minä olen Inneke Carlenius. Pieni, siro nainen kipitti miehensä takaa kättelemään Lulua arasti.

Inneken maantien väriset hiukset olivat kiedottu löysälle nutturalle. Nainen oli vaatimaton ilmestys verrattuna mieheensä. Burberryn liivimekko oli varmasti hintansa veroinen, mutta Inneken päällä se muistutti lähinnä Halpahallin nukkaantuvaa aletangon riepua. Tämä nainen eli selkeästi miehensä varjossa.

Olohuoneen suurten ikkunoiden alla oli kaunis soikeanmuotoinen ruokailuryhmä. Lulu arvioi mielessään, että pöytäryhmä saattoi olla jopa toiselta vuosisadalta. Se oli, kuten omistajansakin, arvokas, hyvin säilynyt muisto menneiltä ajoilta. Pöydän ääressä istui hermostuneen oloinen ikääntyvä mies, joka luki hermostuneena matkapuhelintaan samalla sadatellen.

- Miksi nämä nykyajan vempeleet pitää olla niin vaikeita? Minä en ymmärrä, minne hävisi se tärkeä viesti, mikä äsken tuli?

- Mikäs siinä nyt voi olla? Tarvitsetko apua? Lulu lähestyi miestä.

Pentti Hyppönen nosti katsettaan nopeasti, jopa hieman pelästyen ja laskien matkapuhelimen käsistään.

- Eiih, kyllä tämä sietää odottaa. Mutta täällähän on uusia naisia! Pentti Hyppönen, iltaa!

- Iltaa. Lulu Hasbia. Oletko varma, ettet tarvitse apua? Lulu vastasi hunajaisimmalla äänellään kuin osasi. *Mikä idiootti tämä mies onkaan*, ajatteli hän samaan aikaan, kun teki vaikutusta Pentti Hyppöseen.

- Kyllä olen. Istu tänne. Hauska tutustua! Pentti teki reteellä eleellä tilaa Lululle viereensä. Lulu istuutui Pentin viereen huomaten miehen intensiivisen tuijotuksen sivusilmällään. *Todella yksinkertainen miesihminen*, Lulu ajatteli mielessään.

Illan emäntä, Rebecca Öhlman - Lane kantoi massiivista kuparitarjotinta, mihin oli aseteltu pieniä shampanjamaljoja vieraille.

- Välkommen, välkommen! Olettekin tutustuneet jo hieman toisiinne. Istukaa vänligen, tuon kohta pöytään itse tekemääni vuohenjuustopiirakkaa.

Lulu tunsi, kuinka häntä tarkkailtiin. Pentti Hyppönen ei ollut ainoa hänestä kiinnostunut mies talossa. Nicki katseli Lulua avoimen uteliaasti.

- Lulu, miksi päätit muuttaa juuri tänne? Mikä toi sinut tänne periferiaan? Inneke kysyi yllättäen.

- Asuin vuosia ulkomailla. Tunsin, että nyt on vain aika tulla takaisin kotimaahan.

- Mutta miksi juuri tänne? Inneke intti edelleen.

- Äitini on hyvin vanha. Halusin tänne, jotta voisin olla mahdollisimman lähellä hänen viimeiset hetkensä. Lulu tunsi olonsa hetkessä epämukavaksi. Äidistä puhuminen sai hänet aina voimaan pahoin.

- Hasbia ei ole tyypillinen suomalainen nimi? Nicki hymyili samaan aikaan jättäen kysymyksen kuin ilmaan roikkumaan.

- Ei. Se on ex-mieheni nimi. Lulu ei ollut halukas avaamaan asiaa enempää. Nicki voisi ottaa asioista selvää kahden kesken, jos haluaisi tietää enemmän.

- Hasbia. Eikös se ole jostain Lähi-Idästä? Vai turkkilainen nimi? Pentti Hyppönen otti osaa keskusteluun ja sai Inneken hymähtämään tahattomasti.

- Hasbian suku on Saudi-Arabiasta. Se tarkoittaa ylhäistä. Ex-mieheni on tosiaan arabisyntyinen.

Lulu ei halunnut jatkaa enempää tästä aiheesta, mutta uteliaat naapurit eivät antaneet periksi. Hän tunsi itsensä ahdistetuksi nurkkaan. Miksi nämä oudot ihmiset eivät hellittäneet jo.

- Mutta asut yksin suuressa talossa? Eikö sinua pelota? Inneke jatkoi ja ohitti viileästi kaiken edellä käydyn keskustelun.

- Ei. Yksin asuminen on parasta, mitä haluan juuri tässä kohtaa elämääni. Lulu vastasi.

- Eikös tuohon taloon nyt yksi könsikäs mahtuisi? heh heh… Naisen ei ole hyvä yksin… Pentti Hyppösen alfauros nosti päätään. Hän oli päättänyt toimia Lulu Hasbian henkilökohtaisena pelastajana.

- Miehet ovat toki aina lähellä sydäntäni. Mutta yksin asuessa sitä tilittää elämäänsä vain itselleen. Siksi harrastankin tätä nykyä vain… Ukkomiehiä. Tiedättekö? Ne eivät jää roikkumaan.

Pöytään laskeutui kiusallinen hiljaisuus. Rebeccan katse oli terävämpi kuin koskaan aiemmin illan aikana. *Kenen kanssa hän olikaan tekemisissä?* Inneken katse oli lattiassa.

Pentti Hyppönen mietti moneen kertaan, kuuliko hän oikein? Ainoastaan Nickin huulilla näkyi pienen pieni hymynkare.

xxx

2. LUKU

Kirsikka asui ensimmäistä kertaa elämässään yksin. Hänellä oli vahva tunne, että hänet oli pakotettu olemaan yksin loppuelämänsä. Kirsikka pelkäsi ihmisiä ja kohtaamisia. Hän liikkui vain öisin ja kuljetti mukanaan aina vetolaukkua. Vetolaukussa oli kaikki tärkein, vanha räsynukke ja viltti. Viltti siksi, jos Mollalle sattuisi tulemaan kylmä.

Hän oli pitkä ja hoikka, nuori nainen. Hänen vaaleat hiuksensa levisivät kiharapilvenä valtoimenaan pitkin olkapäitä. Terävät piirteet kasvoissa olisivat voineet viedä hänet joskus mallimaailman huipulle, mutta silmät olivat sammuneet jo aikaa sitten.

Nuori nainen eli mielensä vankina. Kaikki ne möröt, jotka liikkuivat valoisaan aikaan, piinasivat Kirsikkaa jatkuvasti. Hänen lempipaikkansa oli ranta. Kirsikalla oli tapana käydä rannalla yöaikaan tutkimassa paikkaa. Rinteessä sijaitsi vanha talo, mutta siellä ei ollut asunut ketään vuosikymmeniin. Nyt sinne oli muuttanut nainen, jolla oli pistävä katse. *Pahan silmä. Se seurasi häntä kaikkialle"* Kirsikka ajatteli.

Sinä yönä Kirsikka koki, että tumma vesi kutsui häntä puoleensa uudestaan ja uudestaan. *"Ehkä hänen kuuluisi elää vesikansan keskuudessa,"* mieli ajatteli. Tämä yö olisi erilainen. Hän halusi viettää koko yön rannalla, tuntea viilenevän veden vetävän hänet puoleensa ja hän saisi olla vihdoinkin rauhan.

Aamun varhaisina tunteina Kirsikka katseli lumoutuneena, kuinka miehen vaativat käsivarret takertuivat naiseen. Nainen antautui miehelle heittäen päätään taaksepäin. Nopeat liikkeet keholla riisuivat, suorastaan repivät naisen vaatteet kiirehtien ja tiputtaen ne maahan. Varhainen, lämmin syysaamu kietoi parin toisiinsa kielletyn syleilyn vallassa.

Jossain kaukana kirkuivat lokit. Nainen huusi kilpaa lokkien kanssa, nautinnosta. Nainen nosti hitaasti päätään ja hymyili viekoittelevasti. Samassa hän katsoi alas rantaan ja näki Kirsikan katselevan heitä avoimen kiinnostuneena.

Nainen pelästyi ja pakeni paikalta pelästyen, paita edestä avonaisena. Mies pyyhki hikeä kasvoiltaan, huomaamatta mitään erikoista. Hän juoksi naisen perään, ikään kuin anteeksipyydellen ja kadoten puistikkoon. Hetken kuluttua kaukaa parkkipaikalta kuului auton hiljainen hurina. Ääni kaikkosi ja hiljaisuus laskeutui pahaenteisesti rantaan.

Todellisuudessa Kirsikka oli hämillään näkemästään. Hän puristi Mollaa rintaansa vasten, Räsynuken ympärille oli kiedottu kauhtunut viltti.

Tumma hahmo varjoissa tuijotti Kirsikkaa. Outo vallan tunne valtasi hänet. Voi ihmisparka, hän ajatteli. Hän oli kiihkeässä mielentilassa. Äskeisen rakastelun näkeminen ja sen seuraaminen salaa oli ollut kiihottavaa. Hengitys tiivistyi raskaaksi huohotukseksi. Pulssi hakkasi läpi kehon, lyöden signaalia päästä varpaisiin.

Oli aika liikkua. Hitain, mutta varmoin askelin hahmo lähestyi kohdettaan.

Kirsikka juoksi hädissään märällä hiekalla avojaloin. Kaislat rantavedessä takertuivat naisen nilkkoihin, kuin varoittaakseen: "Älä mene pidemmälle, Kirsikka!"

Hän yritti päästä hädissään turvaan. Jostain kumman syystä vesi johdatti hänet entistä syvemmälle, keskelle rantakaislikkoa. Olinko täällä turvassa? Entä Molla? Auttaako vesikansa meitä? Hän ajatteli sekavassa mielessään.

Kirsikka kuuli, kuinka soutuvene työnnettiin vesille. Kuin hypnoosissa keho jähmettyi paikoilleen vedessä. Hän kääntyi ja näki vääristyneet kasvot ja airon kohotettuna kohti häntä.

- Pahan silmä! Kirsikka huudahti.

Hän tunsi, kuinka jokin lämmin valui pitkin hänen ohimoaan. Olo oli heikko. Hento nainen kaatui veteen, puristaen toisella kädellään vetolaukkunsa kahvaa ja toisella kädellä Mollaa. Samassa Kirsikan ote hellitti kriittisellä hetkellä. Molla jäi kellumaan veteen.

- Molla! Kirsikka parahti. Kuka peittelisi Mollan, kun hän menisi pois?

Lokkien kirkuminen Kirsikan yläpuolella oli hyytävää. Vene lipui kuin kuoleman lautturi takaisin rantaan. Vanha, virttynyt viltti lipui hiljalleen rantakaislikkoon, takertuen sen pisimpiin korsiin. Laahaavat askeleet kiipesivät kohti rinnettä. Hahmo roikotti kädessään vanhaa räsynukkea.

Rantakaislikossa, lumpeenkukkien seassa, hento, maidonvalkea käsi nousi pintaan ja näytti kuin se vilkuttaisi surumielisesti. Sitten se painui hiljaa takaisin pohjaan, vieden salaisuuden yön tapahtumista mukanaan, ikuisesti.

xxx

Rebecca joi ajatuksissaan aamukahvia katselleen järven suuntaan. Ajatukset olivat uudessa naapurissa. *Erittäin mielenkiintoinen nainen*, hän ajatteli. Syksyn ruska leikitteli väriloistollaan ja sai Rebeccan palaamaan ajassa vieläkin kauemmaksi.

Nuori Rebecca Öhlman ja *Robert Lane* olivat tavanneet noin puoli vuosisataa sitten Chicagossa. Rebecca oli näyttävän näköinen nainen pitkillä säärillään ja virheettömillä kasvoillaan. Hän opiskeli taidehistoriaa Sorbonnen yliopistossa Pariisissa ja jatkoi heti vastavalmistuneena Chicagoon, suoraan kuuluisaan taidemuseoon *Art instituteen*. Ehkä hänen isänsä vaikutusvallalla oli ollut myös asiaan merkitystä, sillä Rebecca oli kasvanut lapsuutensa suihkuseurapiireissä Helsingissä, sodan runtelemassa Suomessa.

Jälleenrakentaminen ja *Suomi uuteen nousuun* -tahtotila näkyi Rebeccan lapsuudessa kiivaina keskusteluina vanhempien välillä. Rebecca oppi jo varhain luottamaan vain itseensä ja omaan vaistoonsa.

Robertin tapaaminen oli ihmeellinen sattumusten kierre. Sinä kesänä Rebecca halusi tutustua uuteen kotikaupunkiinsa kunnolla. Aurinko paahtoi ja toi kuumuutta kaupunkiin. Se kesä oli yksi kuumimmista koskaan. Radion täytti uutiset Kap Verden itsenäistymisestä. Rebecca vaihtoi kanavaa. Hän halusi kuulla musiikkia. Eikä mitä tahansa, vaan iloista musiikkia, täyttämään upeasti alkanut vapaapäivä. Aamu oli ollut raikas ja hän tunsi enemmän kuin koskaan elävänsä.

Rebecca asteli itsevarmasti Chicagon suurimman juna-aseman porteista sisään. Ihmisiä tuli ja meni. Kaikilla oli kiireiset askeleet, mutta hyväntuulisuus näkyi monen kasvoilta. Elettiin parasta loma-aikaa ja ihmisillä oli eri tavalla aikaa, kuin ennen.

Rebecca istahti junan penkille ja aikoi syventyä katselemaan maisemia. Samassa hän kuuli kovaäänistä keskustelua käytävältä. Pitkähuiskea nuori mies kävi kiivasta keskustelua junan henkilökunnan kanssa.

- Mutta se oli vielä hetki sitten minulla! Mies huudahti selkeästi närkästyneenä.

- En voi auttaa asiaa. Ilman lippua poistut junasta seuraavalla asemalla.

Rebecca seurasi kiinnostuneena keskustelua ja mietti hetken. Ehkä hän voisi vaikuttaa tilanteeseen.

-Hetkinen! Minä voin maksaa lipun! Sanoinko minä sen? Rebecca ihmetteli itsekin omaa itsevarmuuttaan.

- Kyse ei ole pelkästä lipusta. Tältä mieheltä on kadonnut lompakko lippuineen.

Nuorimies oli komea. Hänen tummat piirteensä kielivät etnisyydestä, jopa intiaanitaustasta. Tummat, hieman kiharat hiukset ulottuivat huolettomasti olkapäille.

- Robert, Robert Lane. Nuorimies esittäytyi kohteliaasti.

Ensimmäiset vuodet Robertin kanssa menivät nopeasti, iloiten uudenlaisesta vapaudesta ankaran isän ulottumattomissa. Rebecca ja Robert elivät vain toisilleen. Pelkkä katse sai Rebeccan haluamaan Robertia entistä enemmän.

Tuosta kohtaamisesta oli jo lähes viisikymmentä vuotta. Harjuvaaralle muutosta taas yli kymmenen vuotta, Rebecca ajatteli. Ilman pitkää ystävyyttä Matilden kanssa hän ei edes tietäisi tämän paikan olemassaolosta.

Rebeccan ja Matilden ystävyys alkoi yhteisistä mielenkiinnon kohteista taiteisiin. Nuori Rebecca tapasi Matilden Ranskassa keskellä taideopintoja. Matilde oli aina ollut vapaasielu. Hän rakasti huoletonta elämää ja osasi nauttia pienistäkin asioista aivan erityisellä tavalla. Rebecca viehättyi Matilden seurasta ja heille kehittyi vahva yhteenkuuluvuus jaetuista iloista ja suruista.

Tämä ystävyys katkesi yllättäen Matilden kuolemaan yli kymmenen vuotta sitten. Hän ei voi vieläkään uskoa, että Matilde salasi häneltä elämänsä suurimman salaisuuden, syövän. Vieläkin hämmästyttävämpää oli se, että Rebeccasta tuli Matilden ainoa perijä. Matilde testamenttasi vapaa-ajan asuntonsa Harjuvaarasta Rebeccalle. Suuresta järkytyksestä toivuttuaan Rebecca teki suuren päätöksen Robertin kanssa. He hylkäsivät kiireisen elämän kaupungissa ja muuttivat hetken mielijohteesta taloon, jonka oli omistanut rakas ystävä Matilde.

- Becca, Robert huudahti kesken kaiken.

- Niin, Bob? Rebecca nosti kulmiaan ja siemaisi vielä viimeiset tilkat kahvia kupistaan.

- Tuolla rannassa. Siellä on jotain. Kelluuko siellä jokin? Robert katseli huolestuneena rantaan päin. Rebecca siristeli silmiään ja yritti nähdä ilman kaukolasejaan pidemmälle. En näe yhtään mitään, hän ajatteli. *Alkaako Bobin muisti jo pätkiä? Ehkä hän näkee harhoja.* Rebecca ajatteli.

 - Katso nyt! Siellä on jotain. Menen katsomaan, Bob intti ja nousi tuoliltaan.

Vastahakoisesti Rebecca laittoi kupin tiskikoneeseen seuraten Robertia ulos portaita pitkin rantaan.

Aallot liplattivat tuulen tuodessa ne rantaan. Rebecca ja Robert näkivät molemmat matkalaukun. Vetolaukussa kahva oli ulkona, mutta muuten se oli visusti kiinni. Rebecca mietti. *Hän oli nähnyt laukun jossain, mutta missä?*

Robert asteli varmoin ottein lähemmäs matkalaukkua ja aukaisi vetoketjun. Molemmat, sekä Robert että Rebecca olivat yllättyneitä.

Laukku oli tyhjä.

xxx

Inneke koki levottomuutta. Eilinen kohtaaminen uuden naapurin, Lulun kanssa, oli ollut epämiellyttävä. Hän ei voinut olla huomaamatta Nickin kiinnostusta uuteen naapuriin. Illan aikana Inneke sai monta kertaa miehensä kiinni tuijottamasta uutta tulokasta. Lulun häikäilemätön käytös puistatti naista. Siitä oli liian vähän aikaa, kun he kävivät Nickin kanssa avioliittoaan läpi ja siihen liittyviä kipupisteitä.

Terapiassa Nicki oli paljastanut, ettei tuntenut enää samaa kipinää kuin alussa vaimoaan kohtaan. Hän koki Inneken välillä taakaksi. Naisen sisällä myllersi.

Oliko Lulu hänelle uhka vai mahdollisuus? Mahdollisuus ehkä päästä petollisesta miehestä eroon tai uhka menettää kaikki se, minkä vuoksi hän oli jäänyt paikoilleen tähänkin asti, Inneke mietti.

Nicki oli lähtenyt varhain aamulla lenkille. Hän teki sitä usein. Mies tuntui tarvitsevan omaa aikaa entistä enemmän. Innekestä tuntui, ettei Nicki rakastanut häntä enää.

xxx

3. LUKU

Auringon ensisäteet paistoivat verhon raosta ärsyttäen ja herättäen. Viola selasi rauhattomasti mobiililaitettaan ja katsoi huolestuneena samalla kelloa. Edellinen yö oli ollut jälleen levoton. Jatkuvat heräämiset ja levoton olo vain kasvoivat hänen sisällään päivä päivältä.

Siitä oli jo kolme viikkoa, kun hänet oli jätetty. kaiken piti olla hyvin, mutta todellisuudessa mikään ei ollut hyvin. Tommi oli ollut sinä aamuna hyvin hiljainen. Viola oli tuttuun tapaansa napsauttanut kahvinkeittimen päälle ja raahautunut ulos tupakalle. *Unet olivat paperia,* hän ajatteli silloinkin.

Naapurin juppi, Nicki, tuli tuttuun tapaansa aamulenkiltä ja tervehti käsi pystyssä ja kainalot hiessä Violaa. Miten joku voi saada urheilusta niin paljon, että jaksaa juosta jo tähän kukonlaulun aikaan järveä ympäri, hän ajatteli tuolloin.

Tupakanhaju tarttui Violan aamutakkiin, kun hän raahautui takaisin sisään kirpeästä syysaamusta.

Tommi oli jo kaatanut kahvin mukiinsa ja katseli lasittunein silmin pöydän toiselle puolen.

 - Nukuitko hyvin? Viola kysyi yrittäen viritellä jonkinlaista keskustelua heidän välilleen.

Tommi ei vastannut. Katse oli mitäänsanomaton, kun hän katsoi Violan ohi samalla nieleskellen pienillä kulauksilla kuumaa kahvia.

 - Meidän pitäisi erota. Tommi aukaisi yllättäen suunsa, mutta vaikeni heti uudelleen.

Meidän pitäisi erota! Viola kirkui mielessään. *Meidän pitäisi erota!! Niinhän sinä ajattelet. Miksi et voi antaa minulle anteeksi,* hän ajatteli. *Miksi et halua puhua. Miksi tapat minut. Miksi. En voi elää ilman sinua. En vielä. En koskaan.*

- Niin. Viola sai sanotuksi.

xxx

Sairasloma oli kestänyt jo kolme viikkoa. Tunnit muuttuivat päiviksi, päivät viikoiksi. Kaikki oli menettänyt merkityksensä. *"Miksi edes elän ja hengitän,"* hän ajatteli. Talon sisällä vallitsi samanlainen kaaos kuin Violan mielessä. Voimat olivat täysin poissa. Tommi oli vienyt hetkessä kaiken Violan elämästä, jopa tarkoituksen elämiselle. Yksi pieni virhe. Yksi pieni syrjähyppy illanvietossa ja kaikki oli ohi.

Tommi oli kulkenut hänen kanssaan vuosikymmeniä. He olivat tunteneet toisensa jo varhaisteini-iässä. Viola muisti, miten oli rakastunut ensi silmäyksellä Tommin pitkään ja hoikkaan olemukseen, vallattomaan, sekaisin olevaan hiuspehkoon ja ruskeanvihreisiin silmiin, jotka veivät jalat alta hetkessä. He olivat muuttaneet yhteen asumaan heti kun ikää riitti. Aika oli kulunut kuin huomaamatta. Jokin hetki muistutti siitä, että Tommi ja Viola eivät olleet menneet elämässä eteenpäin. Kun muut perustivat perhettä, Viola ja Tommi elivät tuttuun tapaansa, kuin sisko ja sen veli.

Puhelin aloitti tutun sävelmän ja herätti Violan nykyhetkeen. Hän tuijotti puhelinta ärtyneesti ja oli juuri katkaisemallaan soiton, kun huomasi, että soittaja oli Rebecca.

Viola käveli pitkin hiekkatietä kohti rantaa. Rebecca oli soittanut hyvin kiihtyneessä mielentilassa Violalle. Edes Rebecca ei vielä tiennyt Tommin ja Violan erosta. Hän oli onnistunut sulkemaan kaikki ihmiset ympäriltään hetkeksi pois, työkiireisiinsä vedoten. Samaan aikaan Viola vajosi ajatuksineen henkiseen juoksuhautaan, hitaasti, itseään kiduttaen. Nyt tuo kärsimätön nainen, Rebecca oli kuitenkin saanut Violan liikkeelle yhdellä lauseella. "Viola, tule heti tänne. On tapahtunut jotakin järkyttävää!"

Hiekkatie kaartui alas rantaan paljastaen upeat, vanhat villat järven rannalla. Sunnuntaiaamu ei näyttänyt vielä sen erilaisemmalta, kuin muutkaan aamut. Viola kiinnitti huomion kauan tyhjillään olleeseen villaan, joka oli hiekkatien päässä. Savupiipusta nousi savu. Pidemmälle kävellessään hän näki sinisen valomeren rannassa. Rannassa oli poliiseja ja ambulanssi.

Mitä ihmettä täällä on tapahtunut? Viola ajatteli hädissään. Hän kiipesi kallionkielekkeelle nähdäkseen paremmin, mitä rannalla tapahtuu. Kaksi sukelluspukuista miestä kahlasivat rantavedessä.

Tämä ei voi olla totta. Olenko edes hereillä? Ajatukset harhailivat. Oliko joku kuollut? Hukkunut? Kadoksissa? Oliko se Inneke? Oliko hän viimein saanut tarpeekseen petollisesta aviomiehestään ja riistänyt hengen itseltään.

Violan mieli harhaili levottomasti. Samassa punainen farmariauto pyyhkäisi Violan ohitse jättäen pölyvanan taakseen. Viola jatkoi matkaansa kohti Rebeccan villaa ja mietti kuumeisesti, mihin Rebecca olikaan sotkeutunut.

- Viola, min bästa vän, kom hit! Rebecca huusi raakkuvalla äänellään. Ääni oli samalla käskevä, mutta myös epätoivoinen.

Ranta oli täynnä elämää. Samaan aikaan muutama siviilipukuinen poliisi tutki vetolaukkua ja otti siitä näytteitä. Rebecca johti operaatiota kertomalla, että oli nähnyt samaisen laukun eräällä nuorella naisella, kenellä oli tapana kävellä yksin rannalla. Kukaan ei oikein tuntenut naista, mutta yleinen käsitys oli, että naisen mielenterveys saattoi olla heikoilla kantimilla.

- Olette saaneet hammaslääkärin taloon asukkaan? Viola tokaisi yrittäen normalisoida tilannetta.

Rebeccan ajatukset olivat muualla, eikä hänellä ollut aikomustakaan vastata niin mitättömään kysymykseen. Naapuri oli nyt täysin toissijainen asia tämän laukkumysteerin edessä.

Viola sai kuulla tarkan selonteon aamun tapahtumista, aamukahvituokiosta, laukusta rantavedessä ja myös edellisen illan juhlista, jotka olivat loppuneet kuin seinään Inneken rynnättyä ulos talosta itku kurkussa. Uusi naapuri oli viehättävä ja fiksun tuntuinen Rebeccan mielestä, mutta samalla vaarallisen oloinen nainen.

- Men Viola, missä sinä olet ollut? Olen löytänyt vihdoinkin uutta tietoa perintötauluusi "Karhut mäntymetsässä." Kyseessä ei ehkä olekaan Šiškinin varhainen harjoitustyö, vaan Konstantin Saviskynin tekemä harjoituskopio…

Samassa rannalla poliisit huusivat toisilleen kovemmalla äänellä. Ambulanssi ajoi hieman lähemmäs ja sukeltajat nousivat pintaan. Käsimerkit kertoivat siitä, että jotain on löytynyt.

Radiopuhelimesta kuului erilaisia numerokoodeja. Tilanne oli sietämätön. Naapuritalojen pihat täyttyivät ihmisistä. Hiekkatielle kerääntyi uusia ihmisiä seuraamaan mittavaa operaatiota. Vain yhden villan pihamaa oli hiljaista. Savu kipusi rauhallisesti hiljaa piipusta, mutta muuten mikään ei paljastanut talon asukasta paikalla olevaksi.

Lääkintähenkilöt juoksivat veteen tuoden paaria. Vedestä nostettiin ylös naisen ruumis. Kirsikka oli löytynyt.

xxx

Musiikki täytti Lulun olohuoneen. Hän tanssi vasten luuttuaan samalla hyräillen ja pyyhkien kiiltävää parkettilattiaa. Aamun tapahtumat tuoreena mielessä hän eteni huone huoneelta märän luutun kanssa.

Teepannun vislaava ujellus herätti Lulun todellisuuteen. Hänellä oli paljon tehtävää talossa. Seinien kaataminen voisi tuoda taloon enemmän avaruutta, Lulu pohti mielessään.

Aamu oli tuskin valjennut, kun pannussa hautui Lulun lempijuomaa, pakurikääpäteetä. Todellinen yllätys oli ollut lempivä pariskunta lehmusten suojassa, rannan tuntumaassa. Lulu oli tuntenut pienen hetken viiltävää kaipuuta miehen kosketukseen. Intohimoinen syleily kahden ihmisen välillä oli ollut sykähdyttävä kokemus. Yllätyksestä tuli vieläkin suurempi, kun hän huomasi, kuka oli kyseessä. *Nicki. Oliko tämä sattumaa?* Nainen ei takuulla ollut Inneke.

Lulu heilutti päätään puolelta toiselle kiihkon vallassa. Miehen vaativat otteet miellyttivät häntä. *Kuka mies todella oli?* Lulu ajatteli. Aamun intohimon oli rikkonut jokin odottamaton. Se sama tyttö matkalaukun kanssa, jonka hän huomasi edellisenä iltana rannalla. Tyttö oli näyttänyt jotenkin eksyneeltä ja samalla hauraalta seisoessaan ja tuijottaen häpeilemättömän viattomasti rakastelua.

Nickin rakastelukumppani oli huomannut tytön tuijotuksen ja pelästynyt intensiivistä katsetta. Nainen pakeni kuin varkain paikalta. Lulu mietti, *oliko hänkin paljastunut?* Lulu ei ollut kehdannut jäädä pidemmäksi aikaa seuraamaan mystisen outoa tapahtumaa, vaan siirtyi keittiöön, talon toiselle puolelle. Sieltä näkymä oli suoraan etupihalle. Katse oli kiinnittynyt jälleen ulos. Tällä kertaa läheiselle levikkeelle hiekkatien päähän. Paksut tammet hieman varjostivat näkymää. Mies ja nainen näyttivät riitelevän. Nainen riuhtaisi itsensä irti miehen otteesta ja ryntäsi korviaan pidellen autoonsa.

Mies seisoi jähmettyneenä, samalla puristaen käsiään nyrkkiin. Näky oli hypnoottinen. *Petetty vai pettäjämies?* Lulu ajatteli. Samassa mies kääntyi kannoillaan ja hävisi näkymästä. Lulu nosti isoa teekuppiaan lähemmäs huuliaan ja siemaisi sen reunasta höyryävän kuumaa teetä.

xxx

Nicki kaarsi punaisen Audinsa pihaan. Hänen katseensa kiinnittyi hetkeksi rantaan ja ihmisiin pihoilla. Ajatuksiin ei kuitenkaan mahtunut sen enempää outo tilanne rannassa, kuin muuallakaan. Hän jatkoi matkaansa hermostuneena ovesta sisään. Inneke oli linnoittautunut työhuoneeseen. Talossa vallitsi outo, kylmä tunnelma. Inneke oli rynnännyt eilen kesken juhlien pois.

Uusi naapuri ja hänen kiusoitteleva olemuksensa pyöri Nickin mielessä. Kuka oli tämä viehättävä nainen, jonka elämänkokemus oli yhtä häikäisevä kuin ulkonäkönsäkin? Nicki tunsi outoa kiihkoa ajatellessaan naista ja niitä katseita, mitä he toisilleen vaivihkaa jakoivat edellisillan juhlissa. Viesti oli ollut suoraan hänelle, *varatut miehet eivät jää roikkumaan. Inneke oli varmasti osannut poimia viestin,* Nicki pohti. Hän ei voinut mitään, että tahaton hymähdys oli vaikuttanut siinä tilanteessa enemmän hyväksynnältä kuin tuomitsevalta. Eikä hänellä olisi mitään sitä vastaan, jos kävisi niin, että jonain päivänä hän lähentyisi Lulun kanssa, kirjaimellisesti.

Tekstiviesti Merikiltä. Nicki katseli vilkaisten ympärilleen ja avasi nopeasti viestin. *En saa sinua mielestäni. Anna anteeksi, rakas. Aamu kanssasi oli huumaava. Voisimmeko tavata? Illalla? Sama paikka?*

Merikin kohtaaminen oli ollut puolittainen vahinko. Vanhempainilta yli vuosi sitten oli saanut mielenkiintoisemman pohjan. Inneke oli soittanut Nickille töihin ja anellut häntä menemään puolestaan Katrinan vanhempainiltaan. Nicki oli astellut hieman myöhässä vahvasti valaistuun luokkahuoneeseen anteeksipyydellen. Hänen matkapuhelimensa antoi merkkiääntä kiireisesti ja loppujen lopuksi eräs äiti huomauttikin asiasta kärkevästi ja pyysi miestä sulkemaan puhelimen. Tiukan puolitoistatuntisen jälkeen Nicki suorastaan ryntäsi luokkahuoneesta ulos ja etsi paniikinomaisesti ulko-ovea.

- Ei kai se nyt niin rankka kokemus ollut? Naisääni hänen takanaan sanoi hieman huvittuneesti.

Nicki huomasi katselevansa silmiin samaa naista, joka oli huomauttanut matkapuhelimen käytöstä. Nainen oli lyhythiuksinen, vaalea tehopakkaus, jonka käsivarsilla roikkui kashmirvillainen takki. Ei mikään erikoinen, Nicki ajatteli vaistomaisesti.

- Ei ollenkaan …rankka. Tiedän paljon rankempiakin asioita. Nicki vastasi automaattisesti kiusoittelevalla vastavedolla.

- Tarkoitukseni ei ollut olla töykeä. Huomasin puhelimesi häiritsevän niin kovin montaa läsnä olevaa, joten minun piti puuttua siihen, nainen vastasi asiallisesti.

- Ja se oli sinun asiasi kertoa minulle, yksi kaikkien ja kaikki yhden puolesta? Nicki näpäytti, jo hieman ärsyyntyen naiseen.

- Niin. Anteeksi. Olen Merikki Kerola, Katrinan luokanvalvoja. Oletan puhuvani Katrinan isälle? Merikki hymyili viattomasti.

Tästä tapaamisesta oli jo yli vuosi aikaa. Jokin outo vetovoima veti Nickia kohti Merikkiä. He aloittivat tapailun eri verukkeilla Katrinan koulunkäyntiin liittyvillä asioilla. Nopeasti suhde eteni fyysiselle tasolle. Merikki oli sähäkkä pakkaus rakastellessa, Nicki ajatteli. Heidän yhteinen salaisuutensa lietsoi välille kiellettyä intohimoa, mitä kummankaan omista parisuhteista ei enää löytynyt. Katrinan siirryttyä yläkoulusta lukioon, tapaamiset vähenivät. Epätoivoinen nainen yritti purkaa suhdetta moneen kertaan, siinä kuitenkaan onnistumatta. Fyysinen riippuvuus piti Merikin tiukasti Nickissä kiinni.

Suhde sai uusia piirteitä. Molemmat aloittivat kuntoilemisen ja pääsivät näkemään toisiaan useammin. Lenkkeily tiivistyi aamulenkkeihin ja iltatapaamisiin. Nicki ei halunnut missään nimessä paljastua, sillä Inneken kanssa oli paljon pelissä. Silti hän tunnusti itselleen, että oli ollut välillä huolimaton asian suhteen.

Aamuinen rakastelu vaarallisen lähellä Innekea, rannassa, oli tuntunut Nickista kiihottavalta. Jos Inneke jättäisi hänet pettämisen vuoksi, avioehto veisi kaiken pohjan Nickin elämästä. Hän aisti jo nyt Inneken tyytymättömyyden. Avioehto ei ollut ollut heidän ideansa, vaan Inneken sedän, joka halusi hallita suvun osakkeita ja omaisuutta mahdollisimman pitkään. Inneke oli ollut niin rakastunut Nickiin, ettei olisi halunnut avioehtoa lainkaan. Hänen suurin pelkonsa oli, ettei Nicki lopulta valitse häntä. Avioehdon piti perustua keskinäiseen luottamukseen ja rakkauteen. Nicki ei tiennyt edes silloin, osaisiko hän koskaan rakastaa.

xxx

Viola saapui tyhjään kotiinsa ja avasi jääkaapin oven. Puolikas punaviini odotti juojaansa. Mitä ihmettä täällä tapahtuu, Viola ajatteli tunnekuohussa. Koko sekava aamupäivä oli saanut hänen ajatuksensa pitkästä aikaa pois Tommista. Hän oli tunnistanut ruumiin naapuritalon asukkaaksi, joka kulki öiseen aikaan pitkin teitä, vetäen vetolaukkua. Naisella oli usein päällään kellomainen hame ja villainen bolero kapeiden hartioiden peittona. Vaaleat, hulmuavat hiukset antoivat kuvan villistä ja nuoresta naisesta. Todellisuudessa nainen muistutti loukkuun jäänyttä peuraa.

Matkapuhelimen näytössä vilkkui viesti. *Unohdin kysyä lilla Viola, Kuinka Tommi voi? Onko kaikki hyvin?*

- Rebecca haluaa näköjään tietää kaiken, Viola parahti.

Hän oli hetkeä aiemmin ajatellut, kuinka helposti he ohittivat tänään Tommin olemassaolon. *Hän on kuollut.* Viola viestitti takaisin. Hetken mietittyään, Hän lähetti vielä toisen viestin. *Minulle.*

Ovikello soi vaativaan sävyyn käskien avaamaan mitä pikimmiten. Viola katsoi kelloaan. Se oli liian vähän. Hän venytteli pitkään kapealla sohvalla ja raahautui sitten puoliväkisin viltti ympärillään avaamaan ovea. Pentti Hyppösen vanhentunut olemus ovella sai Violan säpsähtämään vaistomaisesti.

- Pentti! Miten sinä olet tähän aikaan sunnuntaiaamuna liikkeellä?

Pentti oli kalpea ja tärisi hienoisesti Violan edessä. Hän kantoi mukanaan punaviinipulloa.

- Otatko mun kanssa? Yhdet kirkastavat? On tapahtunut kamalia. Tarvitsen Viola ystävää nyt.

Viola avasi oven ja kädenliikkeellä kutsui Pentin peremmälle. Jotakin erilaista oli havaittavissa hänen olemuksessaan. Oliko se iän tuomaa väsymystä vai yksinäisyyttä?

Pentti lysähti väsyneenä Violan vuoteen korvikkeelle, vanhalle divaanisohvalle, napsauttaen kierrekorkin auki. Viola kaivoi tavalliset juomalasit kaapista, ainoat puhtaana olevat, ja antoi Pentin tarjoilla aamun ensimmäiset lasilliset.

- Kuulitko jo, mitä täällä on tapahtunut? Pentti aloitti.

Viola ajatteli mielessään, mistä Pentti oli jo saanut tietää? Tosin tämä kylä on eläväinen kaikin tavoin, Hän totesi mielessään. Pentti oli selvästi tietoinen eilisestä tragediasta.

- En ole kuullutkaan? Mistä sinä puhut? Viola päätti hetken mielijohteesta valehdella, tietämättä miksi. Jokin vaisto varoitti kertomasta Pentille liikaa eilisestä.
- Tuolla kerroksilla asuva nainen. Muistatko hänet? Joka veti matkalaukkuaan ja käveli paljain jaloin rantaa pitkin? Hän on… Hän on kuollut! Murhattu rantaveteen ja Hukutettu!
    Pentti kakoi samaan aikaan kurkkuaan.

- Niinkö? Miten tämä on tapahtunut? Viola esitti tietämätöntä.

Pentti oli juonut juomalasinsa tyhjäksi ja kaatoi jo toista lasillista punaviiniä lasiinsa. Hän ohitti täysin Violan viattoman kysymyksen ja jatkoi kiihtyneen tunteen vallassa.

- Viola, minä en tiedä, mitä minulle tapahtuu! Heräsin tänä aamuna metsästä. Pentti avautui yllättäen.

Oliko Pentillä mennyt edellinen ilta liian pitkäksi? Miksi hän halusi kertoa tämän kaiken minulle, Viola mietti.

Pentti jatkoi sekavaa kertomustaan Violalle yksin vietetystä kosteasta yöstä metsän laitamilla ja yksinäisyydestä. hetken Viola tunsi sääliä Penttiä Hyppöstä kohtaan. Hänelle ei maistunut punaviini enää lainkaan. Päässä kiersi kuva Tommista, pakatusta kassista, ambulansseista ja nuoren naisen hauraasta ruumiista, jota nostettiin rantakaislikosta paareille.
Samassa Pentti Hyppönen palautti Violan takaisin tähän maailmaan.

- Viola, haluan, että sinä saat tämän. Lupaa minulle, että pidät tästä huolta. Pentti sanoi ääntään madaltaen.

Viola katsoi kysyvästi Penttiä. Pentti ojensi hänelle virttyneen Mollamaijan, miltä puuttui toinen nappisilmä.

- Mistä tämä on lähtöisin? Mitä ihmettä nyt Pentti tapahtuu? Viola oli aidon hämmästynyt saadessaan käsiinsä virttyneen, jo aikansa nähneen räsynuken.

- Se on Kirsikka Leppäsen nukke, Pentti vaikeroi.

- Löysin sen metsästä. Vannon etten tiedä, miten se sinne joutui.

Kirsikka Leppäsen nukke? Eilen kuolleena löytyneen Kirsikka Leppäsen räsynukke. Miten Pentti oli sotkeutunut Kirsikan kuolemaan? Nythän täällä tapahtuu asioita enemmän, kuin viimeiseen kymmeneen vuoteen. Violan ajatukset harhailivat edestakaisin. Hän katsoi vuoron perään juomalasiaan ja Penttiä.

- Et voi olla tosissasi? Sanotko minulle ihan tosissasi, että tämä on kuolleen naisen nukke? Ja tuot sen minulle? Mitä täällä tapahtuu? Viola huudahti.

- Viola! Pentti parahti. Voisitko sä mitenkään kertoa poliiseille, että olin eilen sun luona? Niin. Sun luona ja parannettiin maailmaa? Niin kuin aina ennenkin? Tuutko sä mua vastaan tässä ja autat vanhaa miesparkaa hädässä? Löysin nuken vierestäni, kun sammuin rantametsään...

- Luulen, että joku yrittää lavastaa mua syylliseksi. Pentti jatkoi.

Viola tunsi, kuinka veri pakeni kasvoilta. Hänestä tuntui, kuin olisi juuri sillä hetkellä hypännyt suoraan keskieurooppalaiseen rikostarinaan, missä pienen kyläpahasen asukkaat muuttuivat entistä oudommiksi ja kaikilla oli syytä epäillä toisiaan.

- Sinun täytyy nyt mennä. Palataan asiaan, kun olen ajatellut asioita eteenpäin. Kaikki on nyt liian raskasta minulle. Pentti. Mene!

Pentti nousi ylös epämukavalta sohvalta ja lähti kulkemaan ovelle päin. Hän pysähtyi hetkeksi ja kääntyi kannoillaan. Määrätietoisesti hän nappasi viinipullon mukaansa ja poistui sen jälkeen nopeasti asunnosta. Vasta oven ulkopuolella hän tajusi jotain puuttuneen. Tommia ei näkynyt pienessä asunnossa missään. Viola oli ollut yksin.

xxx

4.LUKU

Uutiskynnys oli ylittynyt. Mystinen kuolema Harjuvaarassa oli saanut valtakunnan mediankin kiinnostumaan pienestä yhteisöllisestä lintukodosta. Viola tuijotti epäuskoisena uutista ja siemaili samalla kylmää punaviiniä.

"... eilen hukkuneena löytynyt naishenkilö on paljastunut henkirikoksen uhriksi. Poliisi on vaitonainen yksityiskohdista. Alueen asukkaita pyydetään välttämään turhaa liikehdintää tekopaikan läheisyydessä..."

- Täällä asuu murhaaja! Viola huudahti ääneen.

Muutamassa päivässä media oli nostanut uutisen valtakunnan ykköspaikalle.

Pienen paikan kiinnostus oli huipussaan. Lehtien kirkuvissa otsikoissa sekä uutisten päälähetysten aiheena pyöri nuoren naisen traaginen kohtalo.

Rebecca oli jälleen kutsunut naapurustonsa kauniiseen villaansa. Lulu katseli itseään peilistä ja pöyhi kevyesti kiiltävää, punaista tukkaansa. Auringon tuomat pisamat saivat hänet näyttämään huomattavasti nuoremmalta, kuin hän itseasiassa olikaan. Tänään Lulu halusi haastaa enemmän vieraita huomaamaan, kuka hän todellisuudessa on.

Kaunis, beige tunika myötäili Lulun pehmeää olemusta juuri sen oikeista kohdista. Mustat legginsit saivat hänen jalkansa näyttämään pidemmiltä. Peiliin katsoessaan Lulu tajusi olevansa vailla miehen kosketusta. Hän tunsi vetoa Nickiin ja halusi tuntea miehen kosketuksen samalla tavoin, kun tämä oli koskettanut tuntematonta naista sinä aamuna, kun Kirsikka löydettiin kuolleena.

Taustahälinä oli osittain jopa häiritsevää, kun Lulu yritti keskittyä Pentti Hyppösen innokkaaseen kerrontaan Kirsikan omituisesta käytöksestä. Lulu kiinnitti huomion nuoreen naiseen, joka siemaili punaviiniä samalla kuunnellen Rebeccaa kohteliaasti, muttei läsnä olevana. Rebecca oli esitellyt naisen Violaksi. Naisessa oli jotain tuttua. Lulu mietti, ketä Viola muistutti hänen menneisyydessään. Oliko se jokin työkaveri vai kaukainen sukulainen?

Samassa Nicki saapui. Hän kumarsi Lulun suuntaan valloittavasti hymyillen, kävellessään suureen olohuoneeseen. Lulu nyökkäsi miehen suuntaan ja tuijotti häpeilemättömästi Nickiä suoraan silmiin. Heidän katseissaan oli lupausta, intohimoa ja vaarallista leikittelyä tulella. Molemmat olivat mukana oudossa soidinmenossa, eikä kumpikaan halunnut estää tilannetta kehittymästä eteenpäin.

- Noniin, olemme kokoontuneet tänne tänään pohtimaan kulmakuntamme turvallisuutta nyt ja tulevaisuudessa! Rebecca aloitti illan hieman narisevalla äänellään.

Lulua ulostulo huvitti, sillä hän ei ollut kokenut missään muualla oloaan niin turvalliseksi kuin täällä, maailman toisella laidalla, vesien ja vaarojen keskellä, oudossa ja pienessä yhteisössä.

Rebecca nautti saamastaan huomiosta. Hänellä oli sanatonta vaikutusvaltaa yhteisössä. Jos jokin oli oikea ihminen ottamaan ohjakset käsiin ja keksimään ratkaisun lähiötä kohdanneeseen turvattomuuden tunteeseen, se oli Rebecca. Hän ei suostunut pelkäämään. Ei nyt, eikä koskaan.

Nickin mielessä risteili samaan aikaan monta asiaa. Hän katseli häpeilemättömästi uutta naapuriaan, saaden vahvistuksen uudelle seikkailulle. Merikin tapaaminen sinä iltana ei tullut enää kyseeseen. Sitä paitsi Merikki ei saanut häntä enää syttymään.

Nainen oli liian kiinni hänessä. Eikä hänellä ollut aikomustakaan rakastua, tai edes ihastua Merikin kaltaiseen naiseen.

Nicki mietti, milloin poliisit tulisivat hänen ovensa taakse kyselemään Kirsikan kuolemasta. Voisiko hän sanoa, että näki tyttöressukan hetkeä ennen kuolemaansa rannalla katselemassa, kun petti vaimoaan tyttärensä entisen luokanvalvojan kanssa? Heidän suhteensa ei kestäisi päivänvaloa. Kaikki oli jo muutenkin ohi Inneken kanssa. Siitä huolimatta hänellä ei ollut aikomustakaan lähteä siitä suhteesta, ainakaan tyhjin käsin.

Ilta loppui kuin varkain. Pentti Hyppönen oli tarjoutunut saattamaan Lulun kotiovelle, mutta Lulu kieltäytyi kohteliaasti. Sen sijaan Nicki ei kysellyt lupaa saattamiselle. Heillä oli sama kotikatu ja kuin näkymättömästä sopimuksesta Nicki käveli Lulun vanavedessä, saattaen hänet taloonsa.

-Saako olla lasillinen luomukonjakkia? Lulu tarjosi.

Konjakki kuumotti sopivasti poskia ja Lulu tunsi tutun adrenaliinin virtaavan kehossaan. Nicki osoittautui paitsi viehättäväksi ulkoiselta olemukseltaan, myös kiinnostavaksi persoonaksi muutenkin. Sähköinen tunnelma huoneessa oli huumaava. Sen sijaan, että mitään intiimiä olisi tapahtunut, Lulu innostui esittelemään suurta rinnetaloa Nickille perin pohjin. Hän esitteli Nickille, kuinka siirtäisi väliseiniä saaden enemmän avaruutta vanhaan taloon.

Samaan aikaan Nicki riisui katseellaan Lulua kuvitellen heidät mitä ihmeellisimpiin asentoihin pitkin taloa. Hän ei tiennyt, kuinka voisi tehdä aloitteen. Lulu pelasi liian vaarallista peliä. Käden hipaisut, tahattomat katseet, huulen lipaisu ja kaikki pienet eleet, olivat tehdä Nickin hulluksi. Vetovoima heidän välillään oli aitoa. Aika ei selkeästi ollut hänen puolellaan. Nickin piti tehdä uudenlaisia peliliikkeitä, jotta Lulu ei kokisi hänen seuraansa liian tylsäksi.

Aamu valkeni kuulaana ja kirpeänä. Inneke katseli surullisena järvelle. Hän ei ollut nukkunut koko yönä silmällistäkään. Inneke oli odottanut Nickiä kotiin. Hänellä oli ilmoitettavaa miehelleen. Hän halusi avioeron.

xxx

Viola tuijotti nousevaa aurinkoa jo vähän viluissaankin.

Hän oli halunnut nopeasti pois Rebeccan valvovan silmän alta. Viola oli kiertänyt pienen lenkin ja palannut rantaan, Kirsikan löytöpaikalle. Vaikka yö oli ollut jo viileä ja syksyinen, ei hän ollut huomannut sitä. Villainen shaali kietoutui silti tiukemmalle hänen katsellessaan vastarannan vaaroja oudon nostalgian vallassa.

Uuden naapurin olohuoneesta kajasti hentoinen, lämmin valo. Suuret olohuoneen ikkunat paljastivat, ettei naapuri ollut kotonaan yksin. Viola oli näkevinään pitkän miehen silhuetin vasten Lulun ikkunaa. Aiemmin Rebeccan luona hän oli huomannut Nickin kiinnostuksen uutta naapuriaan kohtaan.

 Lulu oli ollut erikoinen persoona Violan mielestä. Hänen puhuessaan Lululle, tuntui, kuinka nainen olisi samaan aikaan arvioinut häntä päästä varpaisiin. Siltikään se ei jaksanut kiinnostaa Violaa. Vain sillä oli väliä, että hän oli jäänyt yksin. Hänet oli jätetty. Kylmän laskelmoivasti, vaille sääliä. Hän ei voinut mitään, ettei ikävä Tommista hellittänyt hetkeksikään. Yhteiset muistot tulvivat yhä uudelleen Violan mieleen. Jostain kauempaa kuuluivat metsän äänet. Rannan takana oleva rinne paljasti idyllisen maiseman isoine puuhuviloineen ja omenapuineen. Kaikki pihavalot olivat sammuneet jo aikaa sitten. Aamu alkoi sarastaa.

Nicki tajusi kelloa katsoessaan ajan rientäneen aamuun saakka. Lulun pehmeällä sohvalla, ties kuinka monen konjakkisnapsin jälkeen, hän oli huomannut viihtyvänsä talossa sen vallitsevan tunnelman ja seuran ansiosta. Heillä oli ollut juteltavaa niin matkailusta, viineistä, remonteista kuin elämänmenosta. Ensimmäistä kertaa pitkään aikaan Nicki koki hengittävänsä Lulun seurassa.

Painaessaan ulko-oven kiinni, Nicki tiesi, että he tapaisivat uudestaan, piankin. Hän kulki rivakoin, hieman humaltunein askelin Rebeccan talon ohi kohti omaa villaansa ja katsahti samaan aikaan alas rinteeseen. Joku istui rannalla. Sen enempää pysähtymättä Nicki jatkoi suoraan kotiovelle ja huokaisi tahattomasti. Inneke istui ruokasalin puolella, katsellen alas rantaan. Nicki liikkui kuin varjo yössä, kohti makuuhuonetta. Hän ei halunnut kohdata Innekeä, ei nyt.

Viola ei ollut tuntenut Kirsikkaa. Oliko kukaan tuntenut häntä? Kirsikka oli ollut Harjuvaaran erikoisempia persoonia. Kaunis kuin enkeli, mutta niin kaukana todellisuudesta, mieli sairastunut.

Minun pitäisi varmaan nousta ja mennä kotiin. Hmm… Tai paikkaan, missä muistot söisivät minut pikkuhiljaa elävältä, nakertaen pala palalta, Viola ajatteli. Hetken mielijohteesta hän käveli lähemmäs vedenrajaa, heittäen kengät pois jalastaan.

Viola ei ehtinyt reagoimaan millään tavoin takaa tulleeseen uhkaan. Hän tunsi kiristävän narun vasten kaulaansa. Kaikki tapahtui nopeasti. Alkupaniikin jälkeen hänen ei ollut enää kylmä. Lämmin aalto valtasi Violan koko kehon. Viimeinen asia hänen silmissään oli kuva Tommista, hymyilemässä hänelle. Viola ojensi kätensä kohti Tommia ja nauroi. Lokit ympärillä kirkuivat tuulessa ja vesi oli kirkasta. Hän oli onnellinen.

Samassa Inneke säpsähti. Rannalla oli joku. Kuka kulki tähän aikaan aamusta pitkin vedenrajaa? Lokit kirkuivat levottomasti. Inneke siirtyi lähemmäs suurta maisemaikkunaa nousten seisomaan. Näky oli kamala. Nainen seisoi vedessä rannalla. Taakse ilmestyi toinen hahmo. Inneke huokaisi tahattomasti. Mitä ihmettä tuolla tapahtuu, hän ajatteli.

- Nicki! Nicki, luojan tähden, rannalla tapahtuu jotakin!

Nicki ei kuullut enää Inneken hätääntynyttä avunpyyntöä. Hänen kuulokkeissaan soi rauhoittavaa ja unta houkuttelevaa Berliozia ja Ted

Jasperia, ketkä yhdessä soittaen tuudittivat Nickin syvään uneen, saksofonin soidessa kaihoisasti.

Inneke ryntäsi ovesta ulos suoraan Rebecan oven taakse. Hänen hennot nyrkkinsä hakkasivat hakaten naapurin ovea kauhunsekaisin tuntein. Lokit kirkuivat vieläkin kovempaa, aivan kuin odottaen jotakin. Ne olivat valmiina tarttumaan saaliiseen, hetkenä minä hyvänsä.

- Rebecca! Luojan kiitos olet siinä. Becca…Rannalla…Siellä tapahtuu jotakin! Inneke haukkoi henkeään. Hän ripustautui Rebeccan kaulaan, yrittäen samalla saada itsensä rauhalliseksi.

- No mutta Inneke, calm down, lapseni. Calm down. Mitä siellä tapahtuu? Nytkö? Jos meillä on kiire, anna minun ottaa aamutakkini ja jotain kättä pidempää. Onko murhaaja tullut takaisin? Rebecca yritti kuulostaa urhealta, mutta pulssin kohina tuntui hänen omissa korvissaankin jo liian takovana.

Rebecca ja Inneke juoksivat rantaan kasvavan levottomuuden vallitessa. Rantavedessä makasi jokin epämääräisen näköinen möykky. Rebecca harppoi muutamalla askeleella kasan luo. Hän käänsi henkilön ja näki tutut kasvot. *Viola.* Hän tunsi, kuinka veri pakeni kasvoista ja ohimoilla tuntui pientä pistelyä. Mieli teki huutaa ja kirkua, mutta pihaustakaan ei tullut. Inneke saapui hengästyneenä Rebeccan viereen ja kauhistui.

- Viola! Voi luoja. Hän huusi paniikissa.
- Kokeile pulssi, Rebecca suorastaan käski Innekea.

- Tunnen pulssin. Hän on elossa. Inneke huudahti.

Ambulanssin valot poistuivat jo toista kertaa sinä viikkona samalta rannalta. Sen ujeltava ääni leikkasi hiljaisen Harjuvaaran ja kantautui pitkin veden pintaa kauas vastarannalle.

Katsellessaan hälytysajoneuvon takavaloja, Inneke oli kävellyt rannalta hetken mielijohteesta Lulun oven taakse. Hän koputti ovea tietämättä, miksi toimi näin. Kukaan ei aukaissut ovea. *Ehkä nyt olisikin parempi näin,* Inneke ajatteli ja käveli oudon tunteen vallassa pois. *Palaan huomenna uudestaan.* Hän päätti.

xxx

Tumma hahmo aukaisi oven. Hän kulki kuin haamu, suoraan keittiöön. Hahmo aukaisi jääkaapin, otti juoman ja aukaisi yhdellä kädellä tölkin. Tämän jälkeen hän lysähti vanhaan nahkaiseen nojatuoliin ja katseli hetken vapisevia sormiaan. Uni ei tullut. Tappaminen tuntui hyvältä. Liian hyvältä. Silmät ummistuneena hän palasi vielä yön tapahtumiin ja otti pitkän siemauksen kylmästä juomastaan. Olotila oli lähes euforinen.

Mielikuvat tulvivat mieleen. Oli vaikeaa tunnustaa itselleen, miten hyvältä tappaminen tuntui. Hän nautti siitä ylivallasta, mitä koki saavansa tilanteessa.

Nyt mikään ei enää uhkaisi häntä. Eikä kukaan osaisi yhdistää häntä mihinkään aiemmin tapahtuneeseen. *Pitää silti olla varovaisempi,* hän ajatteli. Kaksi kuolemaa samalla rannalla herätti jo ihmetystä lähiasukkaissa. Hän ei silti voinut olla hymähtämättä itsekseen, kuinka helppoa kaikki olikaan ollut. Tappamisen tuoma huuma kasvoi hänen sisällään.

xxx

5 . L U K U

Puhelimen käskevä ääni katkaisi ajatuksen ja herätti todellisuuteen. *Tähän puheluun on vastattava,* hän totesi itselleen, kuin vakuuttaakseen, ettei olisi muita vaihtoehtoja. Oli aamuyö. Tämän täytyy olla tärkeää. Lähtölaskenta oli alkanut.

- Mitähän asia koskee? Hän vastasi virkeämpänä kuin olisi pitänyt.

- Asia koskee äitiänne. Hänen vointinsa on romahtanut viime käyntinne jälkeen huomattavasti. Olette pyytäneet ilmoittamaan muutoksista.

- Kyllä…

Kylmä tuuli vihmoi koruttomia oksia, kun hän käynnisti autoaan. Tänään olisi se hetki, kun hän vihdoinkin olisi sinut menneisyyden kanssa.

Tänään hän saisi kokea äidin kuoleman. Sen suloisen lämpimän kuoleman. Kuinka sielu irtaantuisi ruumiista vapauttaen tunteen hänen sisällään, missä viha ja rakkaus kietoutuisi toisiinsa.

Kellon tikitys huoneessa oli läpitunkeva. Kuoleman pystyi haistamaan. Sen tuoksu oli tuttu, mutta nyt siihen sekoittui vanhuuden tuoma tunkkainen sävy.

Vanhus katsoi, kuinka tumma hahmo lähestyi hänen vuodettaan *Oliko se kuolema? Tuliko se näin? Kiusoitellen, kiiluvine silmineen, täynnä pahuutta*, hän ajatteli.

- Luojani, missä olet? Älä anna pahan koskea! Nainen huudahti paniikissa.

Miten hän saisi rauhan sielulleen? Jokin tuijotti häntä tahtoen viedä arvokkaimman, mitä hänellä oli antaa, sielun, vanhus ajatteli.

Uusi morfiinipistos sai kasvot näyttämään jopa levollisilta. Toinen sairaanhoitaja tervehti ovelta ja toi vieraalle tyynyn ja peiton.

- Tuonko mie siulle pedin? Voi että… Hiän oli vasta nii pirtee ja ilone. Ei sitä kukkaa tiiä, millon Luoja omasa kuttuu luoksee. Nii noppeeta se aika mennee.

Hoitaja peitteli Amalian kauniisti ja silitti hänen poskeaan.

- Voihaa se olla, että Amalia piättää vielä tulla meijän kirjoihin. Eihän hiän luovuta. Taistelijatyyppi hiän…

- En halua petiä, kiitos. Tuo nojatuoli antaa tarpeellisen levon. Haluan äitini tietävän, ettei hän ole yksin. Olen täällä hänen kanssaan loppuun asti.

- Kyl se on ihannaa, ku on siunattu tuollasel lapsel. Ainaha se äiteen poismeno koskettoo… Mut vanhalle immeiselle sen jo suo.

- Kiitos. Nyt haluaisin olla äitini kanssa kahden. Voisitteko?

- Voe tokkiinsa! Suattehaa työ olla. Mie tässä arvelin huastella ja lohutella. Mie meen.

Hoitaja poistui anteeksipyydellen. Se oli viimeinen kerta, kun hän näki vanhan rouvan elossa.

"Kello löi yksi, kello löi kaksi, minä tulin vanhemmaksi. Kello löi kolme ja neljä kertaa, äidin letuille ei ole vertaa."

Hän havahtui nojatuolistaan. *Olinko nukahtanut? Miten tämä oli mahdollista? Ei. Nyt ei saanut nukkua. Tämä oli koko universaalin tärkein ilta. Äidin kuolema.* Hän saisi vihdoinkin kostonsa. Kello oli kolme aamuyöllä. Vuorokausi oli mennyt kuin varkain. Vanhuksen kasvot olivat rauhalliset. Kuun kelmeä valo heijastui hänen kasvoilleen suoraan ikkunasta. Vanha nainen oli vaipunut rauhaisaan uneen morfiinin vaikutuksesta. Näytti jopa hetkittäin siltä, ettei hän enää olisi tässä maailmassa.

Tumma hahmo lähestyi vanhusta hitaasti, puristaen tyynyä itseään vasten. Voi kuinka hän vihasikaan tuota naista. Naista, joka oli hänet tähän maailmaan synnyttänyt, kivulla ja tuskalla. Äidille oli ollut helppo juottaa uusimman kasvitarhan tuotosta, myrkkykatkoa. Oliko myrkky jo halvaannuttanut naisen? Miksi hän oli niin rauhallisen näköinen?

Hän painoi tyynyn hitaasti vanhuksen kasvoille. Hän liikahti. Hetken mielijohteesta hän otti tyynyn pois äidin kasvoilta. Nainen katseli kuolemaa kasvoista kasvoihin. Hän näki tumman hahmon ja kiiluvat silmät, jotka olivat tulleet hakemaan hänet pois tästä maailmasta. Samassa tyyny painettiin uudelleen vanhuksen kasvoille.

- Tik Tak, Tik Tak, kello löi kolme...Hän hoki vanhaa lorua uudestaan ja uudestaan toistaen, kunnes tunsi vanhan rouvan kehon veltostuvan.

Viimeinen asia, minkä vanhus tajusi, hetkeä ennen kuolemaansa, pahuus on täällä.

Hiljainen hahmo ajoi aamun pikkutunteina pitkin autioituneita teitä takaisin kotiin. Ensimmäistä kertaa elämässä, olo oli tyhjä.

xxx

Lulu Hasbia oli aamukävelyllä hyvissä ajoin. Olo oli tänään erityisen kevyt kaikkinensa. Hänen askeleensa veivät rantaan. Samassa mutkan takaa ilmestyi poliisiauto kiivaasti hänet ohittaen. *Mitä ihmettä? Mistä tuo poliisiauto tänne ilmestyi?* Lulu ajatteli mielessään, mutta jatkoi silti keveästi eteenpäin mutkaista hiekkatietä pitkin.

Aamulenkiltä palattuaan Lulu aukaisi ensi töikseen lempiviiniään, punaista Cabernet Sauvignoa. Hän viritti tunnelmaan sopivaa taustaääntä, merenkohinaa ja sytytti rauhoittavia eteerisiä tuoksuja. Tämä oli olotila, missä Lulu tunsi olevansa turvassa kaikelta uhkaavalta. Nainen pyöritti lasissaan olevaa viiniä lämmittäen sitä sormillaan. Samassa ovikello soi. Hän aukaisi oven yllättynyt ilme kasvoillaan. Inneke astui sisään mitään sanomatta. Hänen katseensa viipyi suuressa aulassa arvioiden Lulun sisustusmakua.

- Mitä sinä haluat miehestäni? Inneke aloitti keskustelun.

Inneken naiivi käytös ärsytti Lulua. Eikö tuo hienostokortteleiden kasvatti tajunnut alkuunkaan, ettei hänen miehensä rakastanut tuota naista. Suomi oli täynnä järkiliittoja, missä rahalla ja maineella oli suurempi merkitys jatkaa liittoja kuin rakkaudella. *Naisparka,* Lulu ajatteli mielessään. *Taas yksi satutettu sielu lisää tähän maailmaan.* Jostain syystä Lulun mieli ei kuitenkaan tuntenut sääliä. Hän oli lähinnä huvittunut ja tunsi valtavaa halua purskahtaa nauruun.

- Anteeksi, minä en tiennyt, että teillä on ongelmia avioliitossanne? Onko kaikki hyvin?

Lulu vastasi viattomasti, samalla nauttien tilanteen riipivästä tunnelmasta.

Inneke tiesi tehneensä virheen tullessaan Lulu Hasbian oven taakse. Hänen ilkkuva ja ylimielinen asenteensa sai Inneken mielen kiehumaan entistä enemmän. Jotain erikoista naisen olemuksessa oli myös ollut. Hän oli ollut hyvin kaukaisen oloinen, kuin transsissa. Inneke tunsi sisällään vellovan pahan olon kasvavan. Hän antoi ajatuksen kiusata itseään, miten Nicki oli nauttinut illasta enemmän naapurissa, kuin hänen seurassaan.

Hennot sormet silittivät yhteistä hääkuvaa. Hän oli niin komea, jopa kaunis mieheksi. *Miksi et voinut rakastaa minua?* Inneken pään sisällä monet eri äänet huusivat samanaikaisesti. *Olet aina ollut tuollainen… Miksi et tartu, miksi et osaa? Ehkäpä joku muu on parempi tässäkin kuin sinä…* Kyyneleet nousivat silmiin ja sen jälkeen pettymys ja raivo. Inneke heitti hääkuvan voimalla olohuoneen seinään. Se heläytti kirkuvan äänen, kuin huutaakseen, *sitä sait, mitä halusit. Kuka sinua voisi haluta?*

Samaan aikaan Rebecca seisoi voimattomana suuren sairaalan aulassa etsien opasteita teho-osastolle. Hän oli valehdellut sujuvasti sukulaisuussuhteensa Violaan ja saanut luvan tulla katsomaan naista paikan päälle. Pian hän oli teho-osaston pienessä eristyshuoneessa. Vain muovinen pleksi erotti hänet Violasta.

Hän ei irrottanut hetkeksikään silmiään Violasta. Rebecca päätti mielessään, *Viola ei saanut kuolla nyt.*

xxx

Lulu kirjoitti jo kolmatta kertaa samaa tekstiviestiä. *"Oletko kenties tänään seuraa vailla..."* *Ei, liian läpinäkyvää,* hän ajatteli. *Jäit mieleeni ja pari juttua tuli mieleeni, haluaisitko palata asiaan tänään viinilas...* Ei, ei, ei, Lulu tuskastui itselleen. *"Vaimosi kävi luonani tänä aamuna, voisimmeko tavata? Olen hämmentynyt."* Tämä! Lulu painoi lähetä nappia ja meni hyräillen rinnetalonsa alakertaan kevein askelin.

Nyt jo? Nicki katseli epäuskoisena puhelintaan. Olisin luullut, että piiritystaktiikka olisi ollut pidempiaikainen. Hm, on aika tehdä seuraava peliliike. *Inneke on ollut stressaantunut viime päivinä. Ympärillämme tapahtuu liikaa asioita. Tavataan. Tulen illalla.* Samalla puhelimeen tuli toinenkin viesti. Merikki oli todella epätoivoinen. *Soitatko minulle? Et voi unohtaa minua näin. Ei tällä tavoin!* Nicki katseli viestiä inhonsekaisin tuntein ja vastasi takaisin jäätävästi: *Älä ota enää yhteyttä. Se on ohi.*

Nicki ajoi tulenpunaisen farmari Audin nopeasti autokatokseen ja päätti mennä suoraan naapuriin. Hän ei kestänyt enää hetkeäkään Inneken seuraa. Oli ollut vaikeaa huomata, miten heikko Inneke olikaan. Violan murhayritys rannalla ja Inneken vetäytyminen kaikesta sosiaalisesta elämästä, olivat saaneet Nickin toivomaan vaimolleen samaa kohtaloa, kuin Kirsikalle.

Hän käveli ripein askelin korttelin päähän, Lulun oven taakse. Vaativa koputus oveen kertoi, että oven piti aueta juuri nyt, ei hetkeäkään hitaammin. Lulu aukaisi oven vieno hymy kasvoillaan. Hän oli pukeutunut väljään, vihreään kaftaaniin, joka ulottui nilkkoihin saakka. Sen alla ei ollut mitään.

Nicki ja Lulu tuijottivat toisiaan oudon tunteen vallassa. Kumpikin heistä tiesi, mihin tämä johtaisi. Silti he halusivat pitkittää maagista hetkeä mahdollisimman pitkään. Taika kahden ihmisen välillä oli ylitsepääsemätön. He riisuivat katseissaan toisiaan häpeilemättömästi.

Nicki astui sisään ja tarttui Lulua vyötäröstä. Hän vetäisi Lulun vasten itseensä ja antoi kätensä harhailla pitkin Lulun muodokasta vartaloa. Kiihko oli lähes mielipuolinen, kun he ahmivat huulillaan toisiaan. Kaftaani oli riisuttu nopeammin kuin kukaan olisi uskonutkaan. Lulu sai tuntea Nickin vaativan vartalon päällänsä. Rakastelu oli kiivasta ja kiusoittelevaa vuoristorataa. Vauhdin hiipuessa tuli jälleen uusi nousu ja uusi lasku.

Nicki ja Lulu makasivat suuren aulan lattialla hikisinä ja raukeina. Nicki ei pystynyt edes muistamaan, kuinka monta kertaa hän oli tullut Luluun. Tunne oli samalla kuin kytevä tulivuori ja myrskyävä valtameri. Hän ei saisi tarpeekseen tästä naisesta. Jokin outo voima sai hänet haluamaan tätä naista aina vaan uudestaan.

- Halusit puhua kanssani? Nicki kysyi silittäen samalla Lulun kihartuvia hiuslatvoja.

- Niin. Halusin puhua vaimostasi. Hän tuli tänään oveni taakse. Hieman sen jälkeen, kun olit poistunut. Säälittävä naisparka. Lulu sylkäisi suustaan viimeisen lauseen halveksuntaa tuntien.

- Inneke… Niin, hän on säälittävä. Ja paljon muutakin…Nicki jätti lauseen kesken ja hipaisi Lulua vaivihkaa.

Hän veti naisen päälleen. Rakastelu oli tällä kertaa rauhallisempaa. Kuin yhdestä sopimuksesta rytmi oli samansuuntaista, lempeää. Lulun vihreät silmät tuijottivat Nickiä taukoamatta. Lulu ei kestäisi enää yhtään enempää. Hän tunsi löytäneensä vihdoinkin miehen, joka täytti kaikki hänen tarpeensa.

xxx

Nicki ja Lulu onnistuivat salaamaan kaikilta heidän välisen keskinäisen yhteyden. Kukaan ei osannut yhdistää Nickia ja Lulua yhteen. Inneken epävakaisuus soti hänen uskottavuuttansa vastaan. Erokeskustelu oli siirretty kauas tulevaisuuteen, sillä Violan henki ja sen säästyminen oli Innekelle nyt tärkeämpää kuin mikään muu.

- Lulu, maaginen nainen, näemmekö tänään? Nicki puristi matkapuhelintaan kuin pikkupoika, joka jännitti, pääseekö tänään huvipuistoon.

Viime päivät olivat menneet oudossa tunnelmassa, missä ajatukset harhautuivat yhä uudelleen kiihkeään rakasteluun Lulun kanssa.

- Rebecca tulee tänään käymään Violan kanssa. Violan kunto on edelleen heikko, mutta Rebeccan mielestä Viola tarvitsee sosiaalisia kontakteja. Tule myöhemmin? Onnistuuko se?

Lulu toivoi sydämestään näkevänsä Nickin tänään. Viime kohtaaminen oli ollut hänen elämänsä räjähtävimpiä kokemuksia. Rakastelun jälkeen kumpikin heistä oli tuijottanut toisiaan pitkään syvälle silmiin. Kaksi ihmistä, jotka eivät tienneet, mitä rakkaus on, mutta olivat löytäneet saman aaltopituuden ensi katseesta.

Rebecca oli hyvin huolissaan Violan jaksamisesta. Hän istui vanhalla divaanisohvalla ja katseli huolestuneena Violaa. Oli ollut todella lähellä, ettei Viola olisi enää täällä. Inneke oli pelastanut Violan hengen kaikkien sattumusten kautta. Hetken hiljaisuus rikkoutui Violan ilmeettömään lausahdukseen.

- Tämä Lulu. Näin hänet sinä iltana, Viola sanoi kuin ajatuksissaan, hiljaa mutisten.

- Mitä tarkoitat Viola? Rebecca havahtui ajatuksistaan ja terästi kuuloaan.

- Lulu. Hän katseli ikkunastaan ja joku henkilö, ehkä mies... Oli myös siellä. Viola tuntui muistelevan jotakin tärkeää, muttei jatkanut enempää.

- Mitä luulet, kuka se mies voisi olla? Eihän hän vielä edes tunne täältä ketään?

Rebecca katseli samaan aikaan järvimaisemaa levottomuuden kasvaessa sisällään. Olisiko Lulu voinut nähdä murhaajan ikkunastaan? Rebeccan mielikuvitus sai vallan ja hän näki jo sielunsa silmin Lulun ja salaperäisen miehen suhteessa, joka ei kestäisi päivänvaloa. Kuinka oikeassa hän olikaan jälleen kerran.

- Tervetuloa! Lulu otti vieraat vastaan iloisesti hymyillen, suuri maljamainen viinilasi kädessään.

Hän kaatoi tottuneesti viiniä Violalle ja Rebeccalle ja pyysi heidät istumaan rauhallisilla väreillä sisustettuun lounge-tyyliseen oleskeluhuoneeseen. Rebecca kiinnitti huomion pieniin yksityiskohtiin viihtyisässä huoneessa. Pitkä puupenkki rautajalkoineen oli hankittu varta vasten antiikkiliikkeestä.

Painavan näköinen, messinkinen sammakkopatsas tuijotti avotakan reunalta häpeilemättömästi vieraitaan. Tuntui kuin se olisi rekisteröinyt kaikki liikkeet suuressa huoneessa läpitunkevalla katseellaan. Sammakon katse tuntui tavoittavan kaiken suuressa olohuoneessa sekä vielä ruokailuhuoneessakin.

Patsaan sijoittelu saattoi olla harkittu teko, Rebecca ajatteli. *Wau! Tällä naisella oli tyyliä sisustamiseen ja ennen kaikkea sijoitteluun. Kaikki tavarat näyttivät olevan juuri oikeilla paikoillaan.* Silti jokin asia häiritsi Rebeccaa täydellisessä kuvassa. Hän valitsi itselleen muhkean Richmondin Teddy -nojatuolin, samalla varoen sotkemasta viinillä beigenväristä verhoilua.

Viola yritti urheasti olla kiinnostunut rauhoittavasta ympäristöstään. Hän ei silti päässyt samaan tunnelmaan kuin Rebecca, vaikka taustamusiikiksi oli valittu rauhoittava merenkohina. Ilta oli kuitenkin pitkästä aikaa pakopaikka omille tuntemuksille. Hän huomasi saavansa ajatukset pois Tommista. Lulu kertoi olevansa intohimoinen puutarhuri. Hänen tontillaan olikin vanha puutarha, minkä hän aikoi laittaa kuntoon heti talven jälkeen. Ilta soljui kuin varkain harppauksin eteenpäin.

Viola jätti hetkeksi Rebeccan ja Lulun juttelemaan ruotsalaisista sisustuslehdistä ja nousi paikaltaan etsiäkseen wc:tä. Hän käveli hitain askelin pitkin parkettilattiaista käytävää ja huomasi useita huoneita, mitkä olivat suljettujen ovien takana. Hetken mielijohteesta Viola raotti vaivihkaa yhtä ovista ja jäi tuijottamaan näkymää. Suuret vihreät lehdet ja viherkasvien määrä tuntuivat täyttävän koko huoneen. Huone oli täynnä toinen toistaan erikoisimpia lehti – ja palkokasveja. Huoneen kostea ilma tuntui jopa trooppiselta vasten hänen kasvojaan. *Mitä tämä kaikki oli?* Hän huomasi ajattelevansa. Samassa tahaton aivastus herätti liiankin äänekkäästi hänet ajatuksistaan.

Samassa Lulu tuijotti Violaa käytävän päässä ja huikkasi Violalle:

- Wc löytyy käytävän päästä, toinen ovi oikealla.

- Kiitos! Jostain kumman syystä Violalla tunsi kylmät väreet samalla, kun hän sulki huoneen oven perässään.

Rebecca ja Viola kävelivät kohti Rebeccan villaa. Kuin yhteisestä sopimuksesta ilta ei ollut vielä ohi. He tarvitsivat kunnon purkukeskustelun Lulusta. Samaan aikaan Nicki katseli salaa, kun Viola ja Rebecca poistuivat Lulun talolta. Hän ei malttanut enää hetkeäkään pysyä poissa Lulun luota.

xxx

- Oletko yllättynyt, jos sanon, että viihdyn kanssasi täällä paremmin kuin Inneken luona? Nicki aloitti raukeana makaillen Lulun leveällä vuoteella.

- Mutta sinähän olet itse valinnut roolisi, uskollinen aviomies, vai kuinka? Lulu kiusoitteli, mutta pisti samalla Nickia herkkään kohtaan.

- Olen taloudellisesti sidottuna kurjaan avioliittooni. Jos voisin, asiat olisivat toisin.

Lulu oli huumaantunut Nickin sanoista. Hän tiesi, viimeistään nyt, että oli löytänyt kaltaisensa.

xxx

Loppuilta oli ollut todellista terapiaa kaipuuta tuntevalle mielelle. Rebecca oli saanut kuulla Tommin lähdöstä, Violan sairaslomasta ja masennuksesta. Hän kertoi myös Pentti Hyppösen oudosta tapaamisesta ja Kirsikan mollamaijasta. Erilaiset, huimemmat teoriat saivat alkunsa sinä iltana. He päättivät yhteistuumin avata vielä yhden viinipullon.

Viola hyvästeli aamuyön pikkutunteina Rebeccaa oven raosta.

Rebecca kiskaisi hetkessä Violan takaisin sisään.

- Viola, tule takaisin! Näetkö, Hasbian ovi aukesi. Rebecca huudahti madaltaen samassa ääntään.

Viola horjahti takaisin eteisaulaan. Kapeasta sivuikkunasta molemmat naiset katselivat, kuinka Nicki ja Lulu hyvästelivät toisiaan intohimoisesti syleillen.

- Mitä ihmet… Viola sai sanottua toivuttuaan yön yllätyksellisistä käänteistä.

Naiset siirtyivät kuin yhteisestä sopimuksesta talon toiseen päähän, mistä näki Carleniuksen pihalle. Nicki asteli varmoin askelin taloon sisään. He olivat onnistuneet piiloutumaan viime hetkellä.

- Kai tiedät, mitä tämä merkitsee? Rebecca katseli Violaa merkitsevästi ja painotti sanojaan pahaenteisesti.

Nickin ja Lulun suhde oli paljastunut puolivahingossa.

- Tiedän ainakin sen, kuka viihdytti jo viikko sitten Lulua aamuyön pikkutunneille, Viola sanoi analyyttisesti.

Rebecca nyökkäsi pienen eleettömästi, kuin hyväksyen sen tosiasian, että Violan uhkaaja kuin myös Kirsikan tappaja oli vieläkin tuntematon uhka koko yhteisölle Harjuvaarassa.

xxx

Aamun ensi säteet tavoittivat Inneken kuin varkain. Automaattisesti hän käänsi päätään tyhjälle puolelle petiä, kuin todetakseen, että Nicki oli jälleen jäänyt nukkumaan vierashuoneeseen. Inneken kurkkua kuristi. Hän tunsi olevansa samaan aikaan yksinäinen ja väsynyt. Inneke otti yöpöydältään puhelimen käteensä ja etsi sieltä numeron, mitä ei ollut käyttänyt vuosikymmeneen. Puhelin hälytti rauhattomasti, kuin odottaen, että vielä olisi aikaa lopettaa vaikea puhelu.

- Setä, olit oikeassa. Harmi, että tajusin sen näin myöhään. Järjestä se ero. Niin ja… Anteeksi.

Puhelu oli mieleinen Sten Bäckille. Hän oli odottanut tätä puhelua pitkään. Jossain kohtaa Sten oli jo epäillyt omaa ihmistuntemustaan, kun avioliitto vain tuntui jatkuvan suhteellisen kivuttomasti. Ei edes Katrinan syntymä ollut saanut häntä vakuuttuneeksi Nickin vilpittömyydestä.

Sten ei ollut koskaan tunnustanut Innekelle, kuinka hän oli vuosia aiemmin seurannut Nickin liikkeitä ja saanut todisteita miehen petollisuudesta vaimoaan kohtaan. Kun Inneke oli ollut synnyttämässä tytärtään, oli Nicki samaan aikaan viettämässä laatuaikaa silloisen rakastajattarensa kanssa eräässä lappilaisessa huvilassa. Sten soitti vain yhden puhelun. Se puhelu määritteli Nickin tulevaisuuden.

- Huomenta, tulit jälleen aika myöhään? Inneke aloitti varovaisesti kohdatessaan Nickin kiireisen olemuksen keittiössä.

- Uusi asiakas vaatii nyt erikoishuomiota, Nicki valehteli sujuvasti, niin kuin aina ennenkin.

- Nicki, minulla on asiaa sinulle. Onko sinulla hetki aikaa pysähtyä?

Nicki pysähtyi kuin yllätettynä. Inneke näytti jotenkin erilaiselta kuin ennen. Hänen puolipitkät hiuksensa oli sidottu löysälle nutturalle. Kevyt neule laskeutui kauniisti Inneken hennolle rungolle saaden hänet muistuttamaan gasellia sen kaikkine piirteineen. Miten hän ei ollut aiemmin huomannut vaimonsa muuttunutta olemusta? Jossain toisessa tilanteessa heillä saattaisi olla vielä toivoakin. *Mutta nyt oli myöhäistä.* Nick ajatteli. Pään täytti tällä hetkellä ainoastaan Lulun jännitystä tihkuva olemus.

-Minun on aika sanoa sinulle hyvästit. Sten hoitaa erojärjestelyt. En jaksa enää.

Inneken ääni särkyi, kun hän kuiskasi hennosti viimeiset sanat.

- Sallitko sadistiselle sedällesi sen nautinnon, että hän oli sittenkin oikeassa? Usko minua, hän vie sinunkin osuutesi firmasta! Nicki vastasi ärtyneesti.

- Ei, Nicki. En ole koskaan edes välittänyt firmasta, osuuksista tai muustakaan. Raha on oikeastaan pilannut koko elämäni. Aito rakkaus on puuttunut elämästäni. En saanut sitä vanhemmiltani, enkä sinulta. Olen valmis luovuttamaan.

- Et välitä edes Katrinan tulevaisuudesta? Nicki yritti peittää kiihtyneen olotilansa.

- Katrina pärjää kyllä. Paljonko sinä olet ollut ainoan lapsesi elämässä? Miksi emme koskaan riittäneet sinulle? Inneken sydän tuntui pakahtuvan polttavasta tunteesta.

- Rauhoitu ja yritä olla realistinen. Tämä keskustelu ei helpota sinua yhtään. Me emme eroa! Nicki jyrähti ja poistui nopeasti ulos talosta.

Näyttää siltä, että suunnitelma B pitää ottaa käyttöön nopeammin kuin hän oli osannut kuvitellakaan. Inneke piti saada tajuamaan, että ainoa elämä hänelle oli tämä. Nicki ei ollut valmis luopumaan elämän helppoudesta ja arjesta vain sen vuoksi, että Inneke koki itsensä kaltoin kohdelluksi. Olihan hän antanut Innekelle turvaa ja edustusta tärkeisiin tapaamisiin. Nyt piti olla todella tarkka seuraavista liikkeistä. Nicki kaivoi puhelimensa ja otti puhelun.

- Hei, oletko jo toimistolla? Tarvitsen kaksi lentolippua Ecuadoriin. Kyllä, kuulit oikein!
Inneke tarvitsee nyt arjesta irtautumista ja haluan yllättää hänet upealla lomalla Andeille. Tilaa myös hotelli. Kiitos Merja!

Hei sinä, "salainen muusani." Kuinka nukuit? Nicki lähetti heti sihteeripuhelun jälkeen viestin naapuriinsa. Miten oli mahdollista, että tämä nainen oli vanginnut hänen mielensä täysin? Jotain suurta oli tapahtumassa, se oli selvää. Mutta selviäisikö hän siitä puhtain paperein?

xxx

- Ecuadoriin? Mitä ihmettä tämä nyt on? Inneke pyöritti päätään.

Nicki oli sännännyt ovesta sisään heiluttaen kahta lentolippua ilmassa. Miksi mies nyt välittäisi hänestä niin paljon? Lento olisi jo loppuviikosta. Inneke ei edes kyennyt muistamaan, milloin viimeksi oli käynyt Suomen rajojen ulkopuolella. Joskus hän oli ehdottanut Nickille pikamatkaa

Tallinnaan, mutta hän oli tyrmännyt ajatuksen työkiireisiinsä vedoten.

Joku osa Innekestä halusi lähteä matkalle enemmän kuin mitään. Toinen puoli hänestä halusi kieltäytyä ja näyttää itsestään kerrankin omaa tahtoa, joka ei peräänny, ei nyt.

- Inneke, olen pahoillani, että olen laiminlyönyt sinua tällaisena aikana. Sinun täytyy luottaa minuun. Teen ympäripyöreitä päiviä meidän hyvinvointimme eteen. Ja Katrinan! Nicki huudahti.

Miten sujuva valehtelija oletkaan, Inneke ajatteli mielessään. Hän olisi vuosia sitten tehnyt lähes mitä vain tämän miehen eteen. Voi, kuinka nuo sanat hellivät vielä nytkin naisen loukattua mieltä. Mutta Inneke ei suostunut olemaan enää heittopussi. Hän halusi ennen kaikkea oman elämänilonsa takaisin.

Nicki on itsekeskeinen, jopa julma minulle, Inneke ajatteli. *Tuo mies ei osaa rakastaa. Eikä tule ikinä oppimaankaan. Rakkaus antaa, rakkaus kärsii, ja se on lempeä. Tuo mies edustaa kaikkea sitä, mitä kammoksun.*

 - Nicki. Minä en lähde.

Nicki oli tyrmistynyt Inneken vastauksesta. *Mitä tuolle harmaavarpuselle oli tapahtunut?* Nicki ajatteli. Inneke oli muuttunut aivan erilaiseksi ihmiseksi, minkä Nicki tunsi. Hän oli jäänyt katsomaan Inneken perään, kun nainen oli poistunut talosta tyylikkäänä, arvolaukkuaan kantaen. Hän oli startannut valkoisen coupè mallisen Mercedes Benzin ja poistunut klassisesti pihasta, kuin joutsen.

Outoa, Nicki ajatteli. Nyt kun hän voisi suorastaan juosta Lulun ovesta sisään, ei se tuntunutkaan enää hyvältä ajatukselta. Inneke oli onnistunut heilauttamaan Nickin mielen dramaattisesti päälaelleen hetkessä. *Oliko Innekellä joku toinen? Miksi nainen oli kerrankin niin tasapainoinen? Itsevarmuus kyllä puki Innekeä enemmän kuin hyvin.*

Inneke ei näyttänyt hänen silmissään lainkaan enää seinäruusulta, vaan hänen olemukseensa oli tullut ripaus hienostunutta eleganssia. Nicki oli hämmentynyt ajatuksistaan Innekeä kohtaan. *Mitä tämä nyt oli*, huono omatuntoko? Nicki ajatteli sarkastisesti. Hänestä oli piinaavan ärsyttävää seurata Inneken uutta itsevarmuutta ja riippumattomuutta.

xxx

Lähdetäänkö matkalle? Lulu tuijotti viestiä epäuskoisena. Hänestä tuntui, että asiat kulkivat nyt liian nopeasti eteenpäin. Oliko hänen ja Nickin kepeä ja intohimoinen salasuhde tullut jo nyt tiensä päähän?

Matkalle…Mihin? Lulu vastasi viattomasti viestiin
.

Ecuadoriin. Nicki viestitti. *Lähdetään.*

xxx

Huuma kasvoi kasvamistaan. Inneken ja Nickin matkasta olikin tullut Lulun ja Nickin lemmenloma. Nicki ei ollut kertonut vielä Lululle Inneken eroaikeita. Hän oli päättänyt lähteä matkalle hetken mielijohteesta. Olkoon se hänen tapansa tehdä erosta lopullinen Inneken kanssa. Ehkäpä hän saisi samalla kerrottua Lululle uusimmat käänteet omassa elämässään.

Quiton lentokenttä Ecuadorissa oli täynnä toinen toistaan kiireisempiä ihmisiä. Nicki oli halunnut ehdottomasti lentää Quiton vanhalle kentälle, sillä sieltä oli paras yhteys nähtävyyksiin Andeille ja kansallispuistoihin. Ecuador oli tuttu paikka muutenkin. Hän oli matkustanut töiden puolesta maahan useita kymmeniä kertoja. Täällä maailman toisella laidalla, eri kansojen ja kulttuurien sulatusuunissa saattoi aistia samaan aikaan katukeittiöiden mausteiset tuoksut, kuin lämpimät tuulet, jotka kiersivät pitkin vuoristoa, tuoden laaksoon myös oman tuoksunsa. Kaikessa karuudessaan Ecuador oli Nickin mielestä yksi maailman kauneimmista maista, missä hän oli koskaan käynyt.

Nicki olisi täällä nyt ensimmäistä kertaa vapaa-ajallaan. Hän halusi esitellä Lululle siirtomaa-ajan pieniä kyliä, kansallispuistoja ja jokilaakson upeita kiviseinämiä, joille ei ollut vertaa. Hän halusi kokea Andien huuman yhdessä Lulun kanssa. Hotellille päästyään Lulu heittäytyi suurelle parivuoteelle.

- Vihdoinkin! hän huudahti.

Lulu oli unohtanut pitkien lentojen ja vaihtojen tuoman rasituksen. Lounge Amsterdamissa oli helpottanut Jet lagia kummasti. Nicki avasi paitansa ylimmän napin ja pujotteli kauluspaidan taitavasti päänsä yli tiputtaen sen lattialle. Paidan alta paljastui hyvässä kunnossa oleva treenattu ylävartalo. Lulu tunsi polttavaa paloa koskea Nickin puolialastonta vartaloa. Hän kuitenkin pyörähti vain vatsalleen ja nojasi käsiinsä raskaasti huokaisten.

- Lupaan näyttää sinulle Lulu tällä matkalla kaiken sen, mitä Ecuadorista tarvitsee kokea. En enempää enkä vähempää.

Nicki nautti vallantunteesta, jota sai kokea, ollessaan oppaana tässä maassa. Ecuador ei ollut perinteinen lomakohde mukavuudenhaluisille eurooppalaisille ihmisille. Nicki oli kuitenkin ihastunut maahan jo sen ensikäynnistä lähtien. Maan karu olemus, köyhyys ja samaan aikaan valtavat luonnonrikkaudet saivat hänet tuntemaan kiinnostusta maata kohtaan.

- Uskon sen. Haluatko johdattaa minut jo nyt jonnekin… Hm…Tiedätkö? Lulu hymyili viekoittelevasti, samalla nostaen lantiotaan hienoisesti Nickiä päin.

Aamu valkeni raikkaana, mutta hieman utuisena. Nicki ja Lulu olivat kietoutuneet toisiinsa kuin kaksi käärmettä. Vaalea lakana oli tipahtanut viileän hotellihuoneen lattialle. Herättyään he aloittivat jälleen uuden käärmetanssin toistensa syleilyssä. Kumpikin tunsi, ettei saa tarpeeksi toisesta. Tunne oli huumaava. He hengittivät kirjaimellisesti samaa ilmaa, tehden toisistaan riippuvaisia himosta ja nautinnosta. Läsnä oli myös vaaran tunne, mikä ei tuntunut väistyvän lainkaan. Kemia heidän välillään oli käsin kosketeltavaa.

- Tiedätkö, sinä ihmeellinen, himoittava nainen! Nicki aloitti. Hän halusi palavasti kertoa Lululle suunnitelmansa Inneken suhteen.

- Inneke haluaa erota. Tämän matkan piti olla taivuttelumatka Innekelle.

Lulu yllättyi hetkellisesti ja terästäytyi kuuntelemaan. Hän ei tiennyt mitä ajatella. Olisiko Nicki samaa luokkaa kuin muutkin pettäjämiehet? Mies, joka lupasi hänelle kuun taivaalta, piti kukkaa kämmenellä, mutta loppujen lopuksi hylkäsi kuin kuluneen rukkasen.

- Niinkö? Mitä sinä haluat? Lulu kysyi nopeasti luoden henkisen haarniskansa ympärilleen, kuin vanhasta tottumuksesta.

Huoneeseen laskeutui hiljaisuus. Kysymys oli ollut suora, liiankin suora.

Nicki ei halunnut erota Innekestä. Hän halusi ennen kaikkea pitää kaiken jo nyt saavutetun, mihin oli tottunut omassa elämässään.

- Haluan tappaa sen nartun! Nicki sihisi tajuten puhuneen ääneen.

- Sitten me teemme sen. Lulu sanoi.

xxx

Junareitti oli valittu tarkoin Andien ympärille. Raiteet veivät matkustajansa vaarallisen näköistä rinnettä alas jokilaaksoon, pyörähtäen *Paholaisen nenän* ympäri. *Nariz del Diablo* eli *Paholaisen nenä* nousi ylväänä kiviseinämänä saaden aina uudestaan Nickin kunnioituksen puolelleen. Se oli yksi Ecuadorin tunnetuimpia matkailunähtävyyksiä.

Nickin ja Lulun suhde oli saavuttanut aivan uuden yhteyden. Tämä matka oli ennen kaikkea matka mielen syvyyteen ja kahden ihmisen pimeään puoleen. Koko junamatkan he tuijottivat toisiaan syville silmiin. Nickin kädet olivat Lulun villaneuleen sisällä tehden omaa tutkimusmatkaansa. Lulu ei ollut kokenut pitkään aikaan sellaista yhteenkuuluvaisuuden tunnetta, kuin nyt tunsi. Hän halusi sulautua tähän mieheen sekä jakaa synkimmätkin salaisuutensa juuri hänen kanssaan.

Alhaalla jokilaaksossa vilisi paljon matkailijoita syksystä huolimatta. Nicki ja Lulu kulkivat avoimesti käsi kädessä, kuin vastarakastuneet. Lulun poskien ruso ja vieno hymy paljastivat ulkopuolisille rakastuneen naisen. Siitäkin huolimatta tämä suhde ei perustunut puhtauteen, vaan himoon, nautintoon ja pahuuteen.

Luonnonpuiston karuus sai Lulun haukkomaan henkeä. Hän koki jokilaakson kirpeän kylmän tuulen ja samalla lämmön, joka sai hänet hehkumaan joka solullaan. Vastaan tuli paljon eurooppalaisia retkeilijöitä kameroineen. Oli häikäisevää huomata, miten kaikilla heillä oli yhteinen tunnetila, syvä kunnioitus luontoa kohtaan. Täällä kaikki ennakkoluulot riisuttiin hetkessä pois.

Eräs vastaan tullut henkilö pysähtyi paikoilleen. Nainen tunnisti tutut kasvot. Hän tarkkaili naista kauempaa, tuntien samaan aikaan suurta helpotusta ja syvää vihaa.

- Maj - Brit, mikä on? Onko kaikki hyvin? Mitä sinä näit?

Maj-Brit tuijotti naista pitkään. Oliko tämä todellista, vai kuvitteliko hän? Puoli vuotta oli mennyt, eikä hän ollut löytänyt kadonnutta muukalaista edes parhaimpien etsivien avulla. Hän tiesi ainakin yhden asian. Tilinteon hetki oli lähellä.

xxx

7 . L U K U

(n. kaksi vuotta aiemmin)

Kallion hämyinen kivijalkakuppila oli hänen olohuoneensa. Hän rakasti rosoista, menneiden aikojen tunnelmaa. Tupakan, ajan kuluttamien seinien ja tarinoiden tyyssija antoi hänelle suojamuurin nykyisyydestä. Nainen valitsi syrjäisimmän pöydän ja istui lasittunein silmin viinilasin äärelle.

Timon välinpitämättömyys häiritsi häntä. Miksi hän ei kysynyt kertaakaan, kuinka minä voin? Naisen ajatukset harhailivat yhä uudestaan viimeisimmässä keskustelussa Timon kanssa. Timo oli luvannut vuosia sitten valita hänet. Hän oli antanut parhaat vuotensa ihmiselle, joka vei hänen sydämensä yhdestä katseesta. Miksi hän antoi Timolle periksi? Mikä hänen olemuksessaan oli niin vetoavaa, että yhtenä hetkenä hän antautui täysin himon valtaan ja halusi vain tämän miehen. Miehen, joka kuului toiselle. Timo oli turvallisen tuntuinen, isokokoinen mies, joka oli palkannut hänet kääntämään firmansa dokumentteja arabiaksi.

Tästä kohtaamisesta alkoi vuosien petoskierre. He keksivät mitä ihmeellisimpiä tapoja tapailla salaa vaimolta. Alussa kaikki oli tuntunut jännittävältä ja oikealtakin, mutta vähitellen hän oli ymmärtänyt, että tulee aina olemaan *se* toinen nainen.

Timon viimeiset sanat kaikuivat vielä hänen korvissaan. *En voi tehdä tätä Tuulalle. Hän on ollut minulle uskollinen nämä vuodet, hoitanut kodin, lapset ja uskonut minuun. Olen pahoillani. Se on loppu nyt.* Hylätty. Käytetty. Arvoton. Lulu ei voinut uskoa, että kaikki heidän yhdessä kokemansa huuma vuosien saatossa olisi kuitattu näihin lauseisiin.

Kohtaamisesta oli jo kaksi viikkoa. Hän oli tyhjentänyt samana päivänä työpöytänsä. Pöydälle hän jätti kauniin kaulakorun, rintaneulan ja kannettavan tietokoneen *post it* lapulla varustettuna. *Ole hyvä, ilo oli minun puolellani.* Tekstiviestiin Timon vaimolle hän kirjoitti: *Miehesi on todella hyvä rakastaja. On vain yksi puute. Luottamus. Oletko samaa mieltä?* Tekstiviestiin oli liitetty kuva kaulakorusta, minkä laattaosassa luki: *Forever yours, Timo.*

Ajatus katkesi kesken kaiken ja hän huomasi katsovansa edessä olevaa pitkänhuiskeaa miestä suoraan silmiin. Oliko jokin tilanne mennyt ohi häneltä? Mies katsoi häntä uteliailla, häikäisevän sinisillä silmillään. Hän huomasi ahmivansa miehen ulkoista vetovoimaa itseensä. Lumoava tuoksu levisi hänen tajuntaansa, ehkä Gaultier tai Rabanne? Hän huumaantui itsevarmasta, rohkeasta miehestä yhä enemmän ja enemmän illan aikana.

Mies esitteli itsensä Henrik Karlsoniksi, mutta halusi itseään kutsuttavan Hennyksi. Sehän sopi hänelle. Tämä olikin kevyen ihanaa vaihtelua Timolle. Hän ei aikoisi suoda enää ajatustakaan Timon suuntaan. Juttu oli vihdoin lopullisesti ohi.

Loppuillasta hän oli juonut enemmän, kuin oli tarkoitus. Ilta oli kupliva ja jutut jatkuivat iloiseen tapaan rönsyillen laidasta laitaan. Hetken mielijohteesta hän kutsui Hennyn pieneen yksiöönsä Siltasaareen. Pari purjehti kovaäänisesti halki Hakaniemen torin, saapuen vanhan ja jykevän kerrostalon portille. Henny ei voinut olla kiinnittämättä huomiota naisen kotitalon arkkitehtuuriin. Henny on täydellinen, Tämä mies on ansainnut kaiken huomioni tänä iltana, hän ajatteli.

Sinä yönä he kietoutuivat yön syleilyyn ja antautuivat huumaavalle nautinnolle. Hennyn uteliaat kädet tekivät tutkimusmatkan paikkoihin, mitä edes nainen itse ei tiennyt olevan olemassa. Aamun pikkutunteina hän käpertyi kiinni Hennyyn ja halusi unohtaa. Hän halusi unohtaa itsensä ja tuntea hetken aikaa uutta tunnetta, puhdasta onnellisuutta.

Aamu valkeni ja auringonsäteet paistoivat silmään verhon raosta. Hän katsoi rauhallisesti nukkuvaa miestä. Hän oli kuin veistos. *Ehkä liiankin hyvää ollakseen totta*, nainen ajatteli.

Viime yö pyöri vieläkin hänen mielessään. Henny oli ollut taitava rakastaja, hän ajatteli. Hetken mielijohteesta nainen hivutti kätensä peiton alle koskettaen Hennyn reittä. Mies värähti ja raotti hitaasti silmiään. Viime yön himo ei ollut kadonnut lainkaan. Kosketus sytytti kiihkon uudelleen ja sai molemmat haluamaan toisiaan entistä enemmän. He rakastelivat jälleen, nyt oudon kiihkon vallassa. Nainen ei vielä silloin tiennyt, että he rakastelivat yhdessä viimeisen kerran.

xxx

Naiselle oli tullut yllätyksenä, Hennyn kutsu mukaan Ranskaan, vanhan linnan talonhoitajaksi. Yhtä suurena yllätyksenä tuli se, että hän suostui hulluun ideaan. Ehkä eron tuoma tuska Timosta tuntui sillä hetkellä liian isolta palalta käsitellä Suomen kamaralla.

Henny eli arkea parisuhteessa miehen kanssa. Jens ja Henny olivat pari, joka salli toisilleen pienet syrjähypyt, kunhan tunteita ei kehittynyt vastapuoleen. Henny oli rikkonut tätä sääntöä hieman, sillä hän tunsi outoa vetoa naista kohtaan. Hän oli ehkä ensimmäinen nainen, joka sai hänet syttymään myös seksuaalisesti. Tätä asiaa Henny ei tulisi koskaan paljastamaan Jensille.

Ensimmäinen vuosi Ménerbesissä oli kuin unta. Hän nautti olostaan, vapaudestaan ja kasvimaasta. Hennyn ja Jensin suhde oli ollut yllätys naiselle, mutta ei kuitenkaan pettymys.

Suurin rakkauden kohde muodostui lähes täydellisestä puutarhasta. Kasvimaata voisi pitää jopa merkittävänä, sillä yli puolet puutarhan antimista oli tappavia. Linnasta ja sen hoitamisesta tuli ajan myötä pakkomielle hänelle. Miljöö tuntui heti omalta, sen karulla tavallaan. Linnan kalsean kostea ilmanala, korkeat huoneet ja koruttomuus, paitsi kiehtoivat naista, mahdollistivat myös puutarhanhoidon ympäri vuoden. Elämästä oli tullut helppoa.

Jens ja Henny viettivät suurimman osan aikaa eri maita kiertäen. Hänen tehtävänään oli ylläpitää linnaa heidän poissa ollessaan. Monet kerrat hän asteli pitkin linnan ylväitä käytäviä, kopisteli linnan saleja ja kuvitteli omistavansa seinät ympärillään.

Kuitenkin ajan myötä tyytymättömyys kasvoi kalvavana möykkynä naisen sisällä. Hennyn ja Jensin läsnäolo sai hänet ärsyyntymään. Nainen koki paikan enemmän omakseen.

Heinäkuun viimeinen viikonloppu saapui ja sen myötä kohtalokas riita.

- Olemme Jensin kanssa yhdessä päättäneet, että emme tarvitse enää palveluksiasi. Kiitos silti tästä vaiherikkaasta vuodesta kanssamme. Linna on siis päätetty myydä. Siitä on aivan liian paljon ylläpitokuluja meille.

Naisen kasvot vääristyivät raivosta ja hän juoksi linnan käytäviä pitkin omaan huoneistoonsa. Hänellä ei ollut aikomustakaan lähteä linnasta, ei ennen kuin olisi valmis siihen.

Seuraavana iltana nainen jutteli Hennyn kanssa.

- Olen miettinyt asioita. Ymmärrän täysin päätöksenne, vaikka olenkin vielä shokissa siitä. Emmekö nauttisi vielä kerran yhdessä juustoja ja viiniä Aurinkosalissa. Yhteisten muistojemme kunniaksi?

Aurinkosalin vahvuus olivat suuret kaari-ikkunat länteen, paljastaen upean auringonlaskun, värjäten salin takaseinän purppuranpunaiseksi. Nainen rakasti Aurinkosalia.

Aiemmin kylällä käydessään, hän oli ostanut parhaasta juustokaupasta täyteläisesti kypsytettyä Camembertia ja omaa suosikkiaan, Roquefortia. Kauppias oli paketoinut juustot tuttuun tapaan pergamiiniin ja vielä erillisiin paperipusseihin, sillä molemmat juustot olivat vahva-aromisia.

Jens ja Henny saapuivat paikalle aiempaa hieman hiljaisimpana, mutta kuitenkin päättäväisinä. Jens kantoi käsissään punaviinipulloa. Nainen oli kattanut juustot pöytään ja tehnyt upean, raikkaan salaatin tomaateista ja oman puutarhansa antimista.

- Lilla… Henny sanoi.

- Shh, tämä on vähintä, mitä voin tarjota kaiken jälkeen. Ottakaa vastaan nöyrin anteeksipyyntöni.

- Voi ei, tämä on nyt aivan liikaa.

Niin. Tämä on aivan liikaa. Nainen ajatteli ja kaatoi viiniä pikariin.

Voi miten helppoa kaikki olikaan ollut. Hän katseli oudon tunteen vallassa, kun Jens ja Henny kävivät kuolinkamppailuaan Aurinkosalin kylmällä kivilattialla. Kaari-ikkunoista paistoi ilta-aurinko suoraan hänen kasvoilleen paljastaen julmuuden kaikessa pahuudessaan. Hänen kasvoillaan kävi hymynkare, kun hän näki, kuinka Hennyn suupielestä valui vaahtoa hänen vaaleanpunaiselle paidalleen. Nainen kyykistyi Hennyn ylle hitaasti. Varmoin ottein hän riuhtaisi rubiinisormuksen Hennyn sormesta, pujottaen sen omaansa.

Hentoinen Jens oli löytänyt valon jo hetkeä aiemmin. Rikkoutunut punaviinilasi, jonka jalan ympärille olivat kietoutuneet Jensin pitkät ja kapeat sormet, maalasivat karmean kuvan elämän viimeisistä hetkistä. Hän nautti täysin siemauksin viiniään, laulaen samalla tuttua laulua.

Tik Tak, Tik Tak, Kello löi yksi, kello löi kaksi, minä tulin iloisemmaksi. Kello löi kolme ja neljä kertaa...

Tuttu olotila valtasi kauttaaltaan naisen. Elämä oli jälleen ihanaa, hän ajatteli.

Kukaan ei ollut nähnyt Hennyä tai Jensiä kahteen viikkoon. Se ei ihmetyttänyt ketään, sillä pariskunnalla oli kiinteistöjä ja yrityksiä ympäri maailmaa. He saattoivat olla pitkiäkin aikoja poissa.

- Hej, tavoittelen Henrikiä, veljeäni. Kuka sinä olet?
- Hei! Olen Helen, Hennyn ja Jensin ystävä, hän valehteli sujuvasti nimensä. Etsit Hennya? Hän matkusti Borneolle, avaamaan uutta kohdetta. En ole itsekään kuullut heistä moneen päivään. Meillä on sopimus, että pidän linnasta huolta heidän poissa ollessaan. Asun siis tuolla kylän tuntumassa.

- Niinkö? Saanko tulla sisään?

- Olet siis Hennyn sisar? Hän ei ole maininnut sinusta koskaan.

- Kyllä. Maj – Brit Karlson, hauska tavata! Emme ole olleet yhteydessä pitkään aikaan. Henny on niin itsenäinen kulkija, ettei yhteydenpito ole ollut aina sujuvaa. Viimeksi tapasimme Helsingissä noin vuosi sitten.

Sisar astui linnan aulaan ohittaen naisen. Hän huomasi heti, että suurin osa tauluista oli poissa aulan seiniltä. Mitä täällä oli tapahtunut? Aula oli kylmä ja kolkko. Suurikokoiset arabialaiset matot olivat myös poissa.

- Minä en tiedä Hennyn ja Jensin liikkeistä, mutta lupaan kertoa terveiset, kun seuraavan kerran kohtaan heidät.

- Onpa sinulla kaunis sormus, onko rubiini aito? Maj - Brit kysyi.

- Kiitos! Eijeiei, rubiini ei ole lainkaan aito. Tämä on äitini peruja. Olen säilyttänyt sen tunnesyistä.

- Onpa kaunis, Maj - Brit totesi.

Mikä valehtelija. Se on minun aitoakin aidompi rubiinisormus. Minä lahjoitin sormuksen Hennylle. Kiitokseksi siitä, että hän auttoi minua vaikean eroni kanssa, Maj - Brit ajatteli mielessään.

- Haluaisin jutella pidempään, mutta valitettavasti työt kutsuvat, joten onko sinulle yhteystietoja, niin voin kertoa Hennylle terveisesi?

- Tottakai. Kerro terveiseni. Majoitun *Racine Sauvagessa*, Ménerbesissä. Tapaamme vielä. Maj - Brit huudahti.

Naisen sisällä kasvoi levottomuus. Hennyn sisar oli vaarallinen. Hän ymmärsi, että aika linnassa oli tullut täyteen. Oli aika kadota. Hän juoksi linnan sisäpihalle, pieneen kasvihuoneeseen ja keräsi näyttävän näköisestä palkokasvista papuja tiputtaen ne suoraan pieneen pussiin. Toisesta, kankaisesta pussista hän otti hansikkain jo kuivaneita palkoja ja tiputti ne yksitellen mortteliin. Kun pavut olivat muuttuneet hienoksi jauheeksi, sekoitti hän siihen vettä, saaden samean seoksen aikaan. Pöydällä oli myös injektioneula. Hän tiesi tarkkaan, miten tulisi toimimaan Maj-Britin suhteen. *Jos tämä toimi aiemmin, niin se toimii nytkin,* nainen ajatteli tunnekuohun vallassa.

Racine Sauvage oli kylän tuntumassa oleva idyllinen ja kotoisa majatalo. Maj- Brit oli jäänyt aulaan yhdelle drinkille ja mietti samaan aikaan kohtaamansa naisen outoa käytöstä.

- Teille on lähetys, neiti Karlson, portieeri ilmoitti juhlallisesti ja ojensi Maj-Britille näyttävän valko-viinipullon. Kortti oli kirjoitettu siististi koneella.

Rakas siskoni,

Kuulin, että olit tavoitellut minua. Valitettavasti yhteydet ovat tännepäin maailmaa hyvin huonot ja pyysin Helenia lähettämään sinulle pullon uusinta viiniämme, suoraan kotitilalta. Olen sinuun yhteydessä, kunhan yhteydet sen sallivat.
Sinun
Henny

Maj- Brit oli tyrmistynyt. Mitä tämä tarkoitti? Eikö Henny muistanut, ettei hän voinut juoda viinejä migreenin vuoksi? *Henny ei ikinä olisi näin törppö, hän ajatteli.* Maj- Brit otti pullon kainaloonsa ja nousi pöydästään lähteäkseen viihtyisään huoneeseensa Majatalon toiseen kerrokseen. Hän katseli ja mittaili katseellaan pulloa. Ele oli vähintäänkin hyvä, mutta silti se, ettei hänen veljensä muistanut, jäi vaivaamaan Maj-Britia. Hetken mielijohteesta Maj-Brit tarttui uudemman kerran pulloon, aukaisten korkin. Samaan aikaan hän soitti puhelua, joka sinetöi hänen siihen astisen elämänsä.

De Gaullen lentoasemalla nainen osti lehtikioskista uuden Le Monden. Etusivulla komeili näyttävä kuva liekeissä kylpevästä kulttuurihistoriallisesta linnasta Ménerbesissä. Linnasta oli löytynyt kaksi pahoin palanutta ruumista. Tulipalo oli saanut alkunsa viallisesta öljypolttimesta, kerrottiin. Uhrien epäiltiin olevan linnan omistaja Henny Karlson ja hänen puolisonsa Jens Herman. Epäiltiin, että linnan raunioista voisi löytyä vielä kolmaskin uhri, linnan taloudenhoitajana toiminut Helen.

Hän heitti lehden lähimpään roska-astiaan ja jatkoi nopein askelin kohti lähtöporttiaan. Oli aika palata

Suomeen. Hetken ajan hänen kasvoillaan saattoi nähdä vienon hymyn.

Hän ei voinut uskoa, että tämä voisi olla totta. Mikä onnenpotku! Oli mennyt lähes puoli vuotta, kun hän oli etsinyt kasvoja Helen nimiselle naiselle. Henkilölle, joka oli todennäköisesti vastuussa hänen veljensä Hennyn ja Jensin kuolemasta.

Lopulta Maj – Britin voimat olivat ehtyneet naista etsiessään. Hän oli luovuttanut. Nyt, keskellä Ecuadorin villiä luontoa, Maj - Brit tunnisti naisen välittömästi. Siinä tämä nainen käveli häntä vastaan typerä ilme kasvoillaan, kiinni miehessä, joka tuntui olevan huomattavasti häntä itseään nuorempi.

Helen, Maj – Brit mietti. Oliko se edes hänen oikea nimensä? Elämä leikitteli hänelle. Tällainen sattumus oli kuin kohtalon ivaa. Maj – Brit oli ihmetellyt tuona kohtalokkaana päivänä viinipulloa. *Mitä ihmettä? Miksi Henny lähettäisi minulle viiniä, vaikka tiesi varsin hyvin, etten voi juoda sitä migreenin vuoksi,* Hän oli tuolloin ajatellut.

Vieras nainen linnassa, Hennyn ja Jensin katoaminen ja viestien loppuminen, kuin seinään saivat Maj – Britin epäilemään, etteivät asiat olleet kunnossa. Kohtaaminen tämän naisen, joka kutsui itseään Heleniksi, oli tuntunut silloin niin epätodelliselta ja samaan aikaan pahaenteiseltä. Rubiinisormus vieraan naisen sormessa oli ollut merkki, ettei kaikki ollut kunnossa.

Maj – Brit oli päättänyt tutkituttaa pullon sisällön. Hän oli tarttunut puhelimeen ja soittanut tutulle poliisimestarille Aix-en-Provencessa. *Onneksi minulla toimii verkostot näin* hyvin, hän ajatteli tuolloin. Viinipullo toimitettiin Aix-en-Provencen poliisimestari Pierre Desmondille tutkittavaksi.

Hän oli vaistonnut huolen vanhan ystävänsä Pierre Desmondin sanoissa. He olivat ajaneet sinä iltana takaisin linnaan, mutta linna oli jo liekkien vallassa. Maj – Brit tunsi sillä hetkellä syvää inhoa. Jo samana iltana oli tullut varmistus korkeista digoksiiniarvoista viinissä. Sillä määrällä olisi tapettu suurempikin komppania, Pierre Desmond, kertoi Maj - Britille.

xxx

8 . L U K U

Merikki katseli ulos luokkahuoneen ikkunasta. Häntä ahdisti. Nicki oli jättänyt hänet kuin salamaniskusta, vasten kaikkia odotuksia. Mitä oikein tapahtui? He olivat rakastelleet viimeisen kerran lähellä Nickin kotia. Oliko se laukaissut Nickissä jotakin? Jos, niin mitä?

Hän oli aina ollut se, joka arvuutteli suhteen järkevyyttä. Hänen omatuntonsa soimasi suhteesta naimisissa olevaan mieheen, joka oli vieläpä hänen entisen oppilaan isä.

Minähän olen viimeinen nainen maailmassa, joka voisi tehdä jotakin näin moraalitonta, hän mietti ja katsoi samaan aikaan viimeisintä tekstiviestiä, missä Nicki pyysi jättämään itsensä rauhaan. Mies ei ollut vastannut enää mihinkään lukuisista tekstiviesteistä, mitä hän oli heikkoina hetkinään miehelle laittanut. Tilalle oli tullut vain syvä hiljaisuus.

Merikki tunsi itsensä arvottomaksi ja hylätyksi. Hän oli ollut tutulla parkkipaikalla odottamassa Nickiä. Eräänä iltana juostessaan talon ohi, hän oli huomannut, että punainen Audi loisti poissaolollaan. Missä hän oli? Hänen viestinsä eivät tavoittaneet enää Nickiä.

xxx

- Men hej kultaseni, Rebecca aloitti tuttuun tapaansa keskustelun Inneken kanssa.

 - Et saa vaipua nyt masennukseen. Olen samaa mieltä Stenin kanssa. Se mies on täysi ketku, Rebecca jatkoi.

Inneke ja Viola istuivat Rebeccaa vastapäätä suuren tammisen pöydän äärellä. Rebeccan bravuuri oli tarjoilla amerikkalaista aamiaista. Hän paistoi paistinpannulla tuttuun tapaansa juustokerrosleipiä ja tarjoili niitä raikkaan salaatin kera. Inneke oli kertonut surullisena eropäätöksestään ja siitä, miten heidän avioliittonsa oli vihdoinkin tullut tiensä päähän. Hän ei aikonut enää pyörtää päätöstään.

Pöytään laskeutui hetken hiljaisuus. Hiljaisuuden rikkoi Rebecca.

-Viola ja minä näimme Nickin eräänä yönä poistumasta uuden naapurimme Hasbian luota. Voisiko olla mahdollista että…

- Niin. Minä tiedän. Heillä on varmaankin suhde. Inneke kuiskasi hennolla äänellään.

Nickin ja Lulun suhteen myöntäminen oli ollut Innekelle yksi vaikeimpia asioita pitkään aikaan. Hän oli nähnyt jo varhain Nickin katseen Lulua kohtaan. Inneken vaisto varoitti häntä satuttamasta itseään enempää. Vaaran merkit leijailivat ilmassa heti ensikohtaamisesta lähtien. Nicki ei peitellyt kiinnostustaan Lulua kohtaan ja se teki tästä kaikesta vieläkin julmempaa Innekelle. Sellaista intohimoa ja halua hän ei ollut saanut pitkään aikaan osakseen aviomieheltään. Inneke tiesi, että tulisi menettämään Nickin, lopullisesti.

Inneke oli varmistanut sihteeriltä, ettei Ecuadorin lippuja oltu peruutettu. Nicki oli ollut lähtöaamuna levoton ja kärttyinen. Inneke huomasi miettivänsä, kuka mahtoi olla matkaseuralainen? *Oliko se Lulu vai joku muu? Ainakaan se ei ollut se hölmö opettaja.* Hän oli huomannut naisen hiippailevan harva se päivä heidän talonsa liepeillä. Nicki luuli, ettei Inneke tiennyt mitään. Kuinka yksinkertaisen pitäisi ihmisen olla, ettei tietäisi puolisonsa pettävän.

- Minua on jäänyt vaivaamaan yksi asia Hasbian talolta. Viola otti yllättäen osaa keskusteluun.

- Etsin wc:tä ja törmäsin kunnon kasvitarhaan. Yksi hänen huoneistaan oli täynnä kasveja. Erilaisia ja erivärisiä. Eräs niistä jäi mieleeni sen erikoisen ulkomuodon mukaan. No pitihän se kasvi selvittää, mikä se on. Arvaatteko, oliko ihan perinteinen Hyasintti? Viola jatkoi huvittuneena.

- No kerro jo! Rebecca pyysi kärsimättömästi. Hän huomasi ilokseen, että vanha kunnon Viola oli palaamassa takaisin kehään. Hän oli kaivannut sitä välitöntä ja sarkastisen huumorin omaavaa rakasta ystäväänsä, joka oli ollut liian kauan poissa.

- Sormustinkukka! Tappava kasvi. Ja luulen, että sieltä löytyy muitakin myrkkykasveja. Asuuko naapurustossamme siis myrkyttäjä sanan varsinaisessa merkityksessä? Viola huomasi hengästyvänsä aiheesta ja siemaisi vettä lasistaan, ennen kuin sai hengityksensä tasaantumaan.

Rebecca kuunteli mietteliäänä. Pienen ajan sisällä oli tapahtunut paljon outoja asioita uuden naapurin rantautuessa tänne. Oliko todellakin mahdollista, että naapurissamme asuisi murhaaja?

Merikki istui autossaan ja tuijotti eteensä. Hän oli istunut autossaan lähes koko yön odottaen, milloin näkisi edes vilauksen Nickistä. Parkkipaikalla ei ollut muita autoja. Välillä hän nousi autosta ulos ja sytytti savukkeen. Samaan aikaan nainen vilkuili parkkipaikan reunalta Nickin ja Inneken taloa. Siellä ei näyttänyt olevan ketään kotona. Varhaisen aamun koleus tuntui paksusta neuletakista huolimatta.

Nainen istuutui jälleen autoonsa ja sulki hetkeksi silmänsä. Unen ja valvetilan rajamailla nainen matkusti mielessään kauas pois kaikista murheistaan. Huonosta avioliitostaan, sekä Nickistä. Hän oli lopettanut tupakoinnin jo kymmenen vuotta sitten. Tänä yönä hän oli polttanut yli puoli askia huomaamattaan. Kaukaa kuului moottorin ääni. *Oliko se Nicki?*

Punainen Audi kääntyi hiekkaiselta tieltä kauimmaisen villan eteen. Merikki nousi autostaan nopeasti ja kiersi suuren tammen taakse. Autosta nousi ensimmäisenä Nicki, joka aukaisi suurieleisesti autonsa etuoven edessä istuvalle naiselle. Nainen näytti hieman vanhemmalta kuin hän, mutta oli olemukseltaan viehättävä. Nainen nousi autosta.

Merikki seurasi, miten Nicki pälyillessään ympärilleen, vetäisi hetken päästä naisen vasten itseään. Hän huomasi tuijottavansa paria epäuskon ja kalvavan vihan vallassa. Nicki ja nainen olivat todella lähellä toisiaan. He tuijottivat toisiaan kuin olisivat sidottuina toisiinsa. *Mitä ihmettä tuolla tapahtuu?* Merikki huomasi ajattelevansa.

Samassa nainen irrottautui Nickin vaativasta otteesta ja siirtyi auton takaosaan. Hän nosti auton takaosasta tyylikkään matkalaukun, sekä lentokenttäostoksia Finnairin kassissa. Nainen harppoi nopeasti talon ovelle ja huikkasi lentosuukolla Nickiin päin. Nicki hymähti ja palasi autoon.

Voi ei, Näkeekö Nicki minut nyt, tässä epätoivoisena odotellen, riutuneena ja rakkauden janoisena? Oli myöhäistä enää siirtää autoa, sillä jo pelkästään sen ääni saisi epäilykset heräämään nukkuvassa lähiössä. Nainen jäi seisomaan suuren puun taakse ja seurasi Audin kulkua tuttuun taloon. Hän tiesi, ettei Inneke ollut kotona. *Mitä heille oli tapahtunut?*

Hetken mielijohteesta hän päätti kävellä Nickiä vastaan. Merikki otti autonavaimensa ja käveli ripein askelin kohti Nickin taloa.

- Hei, sinä upea mies! Merikki huikkasi huolettomasti Nickiin päin.

Nickin hölmistynyt ilme kertoi kaiken. Hänet oli yllätetty totaalisesti.

- Merikki! Mitä sinä täällä teet? Oletko hullu! Inneke voi nähdä sinut! Nicki siirtyi samaan aikaan nostamaan matkalaukkuaan ja pudisteli päätään naisen tempaukselle.

- Missä olet ollut? Olen yrittänyt tavoittaa sinua! Merikki vaati vastauksia Nickiltä.

- Mitä sinä haluat Merikki? Olen kyllästynyt sinun huonoon omaantuntoosi tästä. Kuinka monet kerrat olet halunnut lopettaa tämän. Mitä sinä haluat! Nicki huudahti ehkä kovempaa, kuin olisi pitänyt.

Hän käänsi päänsä nopeasti Rebeccan ja Robertin taloon päin, kuin peläten herättäneensä samalla koko korttelin.

- Haluan jutella. Käykö se sinulle? Merikki aneli jo hieman katuvaisesti. Häntä harmitti, että oli paljastanut oman epätoivonsa Nickin suhteen.

- En halua sotkea Innekea tähän, voiko tämä odottaa? Nicki sanoi.

- Ei. Me emme voi odottaa enää hetkeäkään. Nicki kiltti, puhutaan! Sinä hajotat minut. Olen niin rikki, etten voi keskittyä enää mihinkään. Inneke ei ole kotona. Usko kun sanon. Huomaan, että suhteenne on ohi, mikset kertonut siitä minulle?

- Merikki. Vaikka minun ja Inneken suhde olisi nyt katkolla, se ei tarkoita, että sinä olisit vaihtoehto. Niin kuin sanoin, tämä on nyt ohi. Voitko mennä nyt? Haluan päästä nukkumaan. Nicki huomasi ärtyvänsä.

Murtunut nainen katsoi miestä kyynelten sumentaessa hänen silmiään. *Ei, en voi mennä*, hän ajatteli. Samassa nainen kaivoi pienen pistoolin neuletakin taskusta, osoittaen sillä Nickiä.

- Merikki! Hyvän tähden, mitä ihmettä nyt! Nicki pysähtyi kuin salamaniskusta paikoilleen.

- Nicki, nyt me puhutaan. Sinä ja minä. He kulkivat oudossa asetelmassa kohti ulko-ovea. Ensimmäistä kertaa elämässään Nicki toivoi, että Inneke olisi kotona. Ulko-ovi kolahti kolkosti heidän takanaan. Jotain jäi oven väliin. Merikki potkaisi Nickin matkalaukun tieltään jättäen sen puoleksi aukinaisena keskelle eteisaulaa.

- Hmm, teillä on kaunis asunto. Juurikin sellainen, kuin kuvittelinkin sen olevankin. Tiedätkö Nicki. Olen ollut maailman hölmöin nainen. Rakastuin sinuun. Tiedän, en olisi saanut tuoda tunteitani tähän. Tiedän senkin, että suhteemme perustui fyysiseen tarpeeseen. Sitä en tiennyt, että tekisit minulle näin. Jättäisit minut yksin kuin käytetyn, tarpeettoman…

Merikki purskahti vuolaaseen itkuun ja ote aseesta herpaantui hetkeksi. Hän lyyhistyi lattialle sekunneissa. Merikin viimeinen kuva yllättyneestä Nickistä jäi hänen viimeisekseen.

Lulu katseli lattialla makaavaa naista. Olemuksessa oli jotakin tuttua. Lulun kädessä oli golfmaila. Jokin vaisto oli varoittanut häntä lähestyvästä uhkasta. Lulu oli vaistomaisesti katsonut parkkipaikalle ja nähnyt siellä tutun auton. Sen saman, joka oli ollut sinä aamuna, kun Kirsikka kuoli. Lulu oli tarkoituksella torjunut Nickin suudelman. Hän halusi varmistua, ettei kukaan nähnyt heitä.

Se, mikä sai hänet kävelemään Nickin talolle, oli ollut uteliaisuus, voisiko hänen vaistonsa olla oikeassa. Hän oli yllättynyt tilanteen saamasta käänteestä. Nurkkaan hylätty, vanha golfmaila sai tarkoituksensa. Nyt hän pystyi näyttämään Nickille, miten tosissaan oli miehen suhteen.

- Lulu, mitä ihmettä täällä tapahtuu? Merikki! Nicki juoksi ympäri eteisaulaa shokissa. Hän yritti ottaa Merikkiä kädestä, kokeillakseen naisen pulssia, siinä kuitenkaan onnistumatta. Nickin reaktio ei ollut sitä, mitä Lulu oli odottanut. Miksi hän huolehti tuosta naisparasta, joka ei ymmärtänyt pysyä poissa. Lulu toimi nopeasti. Hän laittoi sormensa Merikin kaulalle todeten tämän hengittävän raskaasti.

- Tule. Kannetaan hänet ulos täältä. Nicki, hän uhkasi sinua. Meillä ei ollut vaihtoehtoa.

Lulu poimi aseen maasta, sujauttaen sen nopeasti taskuunsa. Tilanne oli riistäytynyt käsistä. Hän tärisi kauttaaltaan, mutta raahasi samaan aikaan Merikkiä kohti ulko-ovea.

- Odota! Nicki huudahti.

Ulkona oli alkanut sataa pientä jäätihkua. Talvi teki tuloaan. Nicki ei voinut uskoa, mitä oli tekemässä. Kaikki tuntui niin epätodelliselta. *Oliko hänestä tullut murhaaja? Miksi Lulu oli niin tyyni?* Hän ajatteli kaiken sekavuuden keskellä.

Auto seisoi parkkipaikalla edelleen yksin. Miten he toimisivat tämän jälkeen? Yllätyksekseen Nicki ei tuntenut mitään katsellessaan Merikin tiedotonta olemusta etupihallaan.

- Avaimet! Auton avaimet. Missä on avaimet? Nicki huudahti.

Lulu kokeili Merikin villaneuleen taskuja. Avaimia ei ollut. Hetken etsittyään heidän oli myönnettävä, ettei avaimia ollut.

Nicki toimi nopeasti. Hän meni takaisin sisään ja etsi avaimia paniikinomaisesti.

Lulu katseli Merikkiä inhon vallassa. Hän huomasi naisessa virkoamisen merkkejä. Otsalle oli valunut pieni verinoro, joka valui hiljalleen pitkin kasvoja. Silmät aukenivat hitaasti ja Merikin suusta kuului korinaa. Lulu nousi hajareisin hänen päällensä peittäen kädellään hengittämisen. *Tik Tak, Tik Tak, kello löi kolme...* Lulu hyräili tuttua laulua päässään. Hän piti kämmentään kasvoilla pitkään, tuntien, kuinka ruumis valahti elottomaksi. Lulun katse kiinnittyi seuraavaksi Merikin nimettömässä kimmeltävään siroon sormukseen. Hän ei voinut mitään heikkoudelleen sormuksia kohtaan. Nopein liikkein Lulu irrotti sormuksen ja sujautti sen sujuvasti taskuunsa. *Sotasaaliini,* hän ajatteli mielessään.

-Missä ne avaimet ovat? Nicki tunsi lievää paniikkia. *Niiden on pakko löytyä.*

Koko tilanne oli ihmeellinen. Lulun läsnäolo sai häneen lisää varmuutta ja luottoa siihen, että ratkaisu oli ollut oikea. Merikki oli todellinen uhka hänelle. Nicki ryntäsi takaisin ulko-ovelle ja näki avainnipun lähellä ulko-ovea. *Bingo.*

Hän ryntäsi avaimien kanssa takaisin ulos. Lulun olemuksessa oli jotakin uutta. Nainen katsoi metsään ja oli kuin transsissa.

- Avaimet löytyivät. Nicki sanoi hengästyneenä.

- Kuka hän on, Nicki? Lulu kysyi yllättäen.

- Ei kukaan. Ei mikään tärkeä. Vain sinä. Vain sinä, Lulu rakkaani.

Samaan aikaan Nicki tunsi kauttaaltaan vapisevansa. Hän ei ollut koskaan aiemmin tuntenut tällaista olotilaa. Hetkessä oli samaan aikaan irrallisuutta ja kasvavaa epätoivoa.

xxx

Vanha soutuvene lipui järvellä jättäen kauniin vanan jälkeensä. Nicki ja Lulu tuijottivat toisiaan herkeämättä. Samalla airojen rauhallinen tahti sai Nickin voimaan pahoin.

Merikin eloton ruumis makasi puoli-istuvassa asennossa veneen keulassa. Pää retkotti osittain veneen ulkopuolella. Käsi roikkui lähes epäluonnollisessa asennossa kuin kurkottaen vedenpintaa. Merikin molempiin jalkoihin oli sidottu kahvakuulat, ajatellen pitävän ruumiin pohjassa. *Tuleepa näillekin todellista käyttöä*, Nicki ajatteli sarkastisesti.

Lulu hyräili hiljaa tuttua laulua.

- Tik Tak, Tik Tak, Kello löi yksi, kello löi kaksi, minä tulin iloisemmaksi. Kello löi kolme ja neljä kertaa...

Nicki katseli Lulua ja tunsi puistatuksen väreitä. Hän mietti yhä uudelleen mielessään, *Kuka hän on?*

Mies lopetti soutamisen ja katseli hetken ympärilleen, kuin varmistaakseen, että he ovat ainoat ihmiset järvellä juuri sillä hetkellä. Lulu kääntyi penkissä Merikin suuntaan ja tarttui elottomaan ruumiiseen kiepauttaen hänet helponnäköisesti laidan yli. Kaikki tapahtui nopeasti. Ruumis upposi vauhdilla syvään, tummaan veteen. Merikin molempiin jalkoihin kiedotut kahvakuulat irtosivat rajusta pyöräytyksestä johtuen ja kolahtivat äänekkäästi lasikuituisen veneen pohjaan.

Molemmat katsoivat toisiaan. Nicki pelonsekaisin tuntein ja Lulu täysin omaan maailmaansa uppoutuneena.

- Älä pelkää, ei meitä voida yhdistää tähän millään tavoin. Ja voihan olla, ettei ruumis lähde tästä vaeltamaan mihinkään, Lulu vastasi Nickin katseeseen, kuin lukien tämän ajatuksiaan.

Nicki ei voinut enää pidätellä reaktiotaan. Hän oksensi syvään veteen samaan aikaan ääntelehtien oudolla kurkkuäänellä. *Tämä ei ole minun elämäni, tämä ei ole min…* Hän hoki mielessään.

Uskomatonta, miten helppoa kaikki oli ollut, Lulu mietti. Haavekuvissaan hän seisoi Nickin vierellä katsellen heidän maailmaansa, joka oli täydellinen. Siellä ei ollut muita ihmisiä, vain he kaksi.

xxx

9 . L U K U

Maj – Brit oli soittanut nopeasti parhaimmalle kontaktilleen, Erwinille nähdessään tutun hahmon Ecuadorin jokilaaksossa.

Erwin oli Maj-Britin palkkaama yksityisetsivä, joka oli yrittänyt löytää Helen nimistä naista jo puoli vuotta sitten. Jäljet olivat kuitenkin kadonneet kuin tuhka tuuleen, eikä kukaan tuntunut tuntevan kyseistä naista ollenkaan.

Sattuma oli kuitenkin puuttunut peliin ja Maj- Brit oli saanut katsoa lähietäisyydellä, kuinka kadonnut nainen oli hehkunut hänen edessään kuin nuorikko ja ilmeisen umpirakastuneena.

En anna hänen enää koskaan tehdä samaa muille, mitä hän teki rakkaalle veljelleni, Maj- Brit ajatteli mielessään. Hän katseli uteliaana jykeviä vaaramaisemia ja hengitti puhdasta ilmaa keuhkoihinsa. Erwin oli tehnyt hyvää työtä. Hän oli saanut helposti selville Helenin oikean nimen, joka oli osoittautunut, yllättäen, aivan toiseksi. *Miten ovelaa. Luulit olevasi minua fiksumpi. Et tiedä, kenen kanssa olet tekemisissä... Lulu...Hm, Lulu,* Hän ajatteli ja maisteli Lulun nimeä suuren tunnekuohun vallassa.

Erwin oli vuokrannut upean huvilan hänelle ja Maj-Britille. He pohtivat, kuinka saisivat Lulun parhaiten kiinni ja vastuuseen teostaan. Maj – Britin teki mieli käyttää omaa oikeuttaan. hänellä ei ollut kunnon todisteita Lulua vastaan, pelkkiä olettamuksia. Toisaalta, jos hänen onnistuisi löytämään rubiinisormus, jonka hän oli nähnyt naisen sormessa, se voisi todistaa Lulun olleen edes paikalla. *Vai oliko sittenkin kyse aihetodisteista? Hän mietti.*

xxx

Merikin katoaminen oli huomattu pian. Iltapäivälehtien otsikoissa kerrottiin kadonneesta opettajasta kuvan kera.

Inneke luki epäuskoisena aamun lehteä. Hän tunnisti naisen nopeasti. Jos Inneke ei olisi nähnyt naista viime viikolla heidän talonsa liepeillä, hän olisi epäillyt Nickin syyllistyneen opettajan katoamiseen. Tällä hetkellä hän kuitenkin tiesi, että Nickin syyllisyys olisi hyvin epätodennäköistä, jos syyllisiä katoamiseen edes olisi olemassa. *Olisiko nainen päätynyt surulliseen vaihtoehtoon?* Inneke pohti mielessään. *Ilmeisesti taas yksi henkinen uhri*

Nickin ihmissuhderuletissa. Montako meitä mahtaakaan olla? Hylätyksi tuleminen...

xxx

Maj – Brit silmäili katoamisuutista.

Ehkä paineet opettajana olivat olleet liikaa ja ainoa ratkaisu oli ollut lähteä oman käden kautta,
Maj – Brit huomasi ajattelevansa ja ohitti uutisen siirtyen lukemaan päivän pörssilukuja.

Erwin katseli kauempaa laiturilta Maj- Britin olemusta. Hän oli tuntenut naisen vuosia, muttei ollut koskaan nähnyt häntä niin määrätietoisena kuin nyt. Erwin tunsi syvää kunnioitusta ystäväänsä kohtaan. Hän tiesi, kuinka paljon Maj-Brit oli saanut elämässään hyvää aikaan ja pelastanut käytännössä jopa ihmishenkiä, myös hänet.

Harva tiesi, miten heidän ystävyytensä oli saanut alkunsa. Erwin oli tuohon aikaan elättänyt itsensä enemmän ja vähemmän huijaamalla hyväosaisia ihmisiä. Hänen oli ollut helppo soluttautua varakkaiden ihmisten suosioon sulavalla käytöksellään. Silloin hän oli suunnitellut tarkkaan, miten saisi haltuunsa yhden maailman arvokkaimmista timanteista.

Genevessä oli jälleen Christie'sin timanttihuutokauppa. Merkittävä keräilijä oli tilannut häneltä keikan. Maailman suurin timantti, *The Art of de Grigono* puuttui vielä hänen asiakkaansa kokoelmista. Koska Erwin oli ammattilainen omalla alallaan, häneen luotettiin. Monet taidevarkaudet ympäri maailmaa olivat hänen käsialaansa.

Sinä yönä hän oli valmiina nappaamaan nerokkaalla suunnitelmallaan timantin itselleen. Kaikki olisi mennyt täydellisesti, jos Maj- Brit ei olisi juuri sillä hetkellä saanut häntä suoraan rysän päätä kiinni. Huonosti nukkuva nainen oli yöpynyt ystävänsä luona Genevessä ja lähtenyt hetken mielijohteesta hakemaan maitoa alakerrasta. Hän oli kuitenkin kuullut epäilyttäviä ääniä keskikerroksesta ja hiipinyt uhkarohkeasti katsomaan, mistä oli kyse. Törmättyään murtovarkaaseen Maj – Brit oli kirkumisen sijaan todennut:

- Laske se käsistäsi, vielä kun voit.

Mies oli yllättynyt, sillä hän ei ollut kuullut mitään vaaran merkkejä. Tästä kaikesta oli jo aikaa. Maj- Brit oli jostain kumman syystä laskenut hänet menemään ja jättänyt kertomatta välikohtauksesta. *Miksi?* Erwin mietti silloin.

Nainen oli ollut kuitenkin askeleen edellä Erwiniä. Hän oli tunnistanut Erwinin useista seurapiiritapahtumista ja selvittänyt Erwinin osoitteen Genevessä. Ehdotus yksityisetsivän pestistä ei ollut ollut huono. Tässä he nyt olivat, keskellä mysteeriä, jälleen Maj-Britin toimesta.

Lulu käveli huoneesta toiseen levottomasti. Hän aukoi ja sulki vuoron perään ovia. Nicki oli luisumassa kauemmas hänestä. Ajatuskin siitä sai Lulun kasvot vääristymään vihasta. *Tämä kaikki on Inneken syytä.* Hän ajatteli.

Hän aukaisi oven suureen huoneeseen, missä sijaitsi hänen oma salainen puutarhansa. Ranskasta tuodut siemenet olivat kylvetty multaan odottamaan kukintoja.

Rohtosormustinkukka oli Lulun suosikki. *Voi kun annat minun odottaa tulemistasi vielä tovin,* Lulu jutteli suosikilleen. Hän kasteli viherkasvejaan syvän kunnioituksen vallassa ja pysähtyi yhden kohdalle. Hän oli huomannut heti taloa ostaessaan erittäin kunnioitettavan viherkasvin tontillaan, Myrkkykatkon. Ilmat alkoivat olla jo viileitä, joten Lulu oli tuonut kukan sen tarjoamien antien kera sisälle turvaan. Hän katseli ihastellen ruohokasvia ja laittoi hanskat käsiinsä hitaasti. Erittäin tarkkaan harkiten Lulu keräsi talteen kasvin pallomaiset hedelmät ja asetti ne pellavaisen liinan päälle kuivumaan. Hänellä oli tämänkaltaiselle aarteelle paljon käyttöä lähitulevaisuudessa.

Nicki oli varannut hotellin nukkuakseen edes hieman paremmin, kuin edellisinä päivinä. Merikin kuolema oli ollut järisyttävä kokemus kaikkinensa. Hän ei osannut sanoa, miksi ei tuntenut kuitenkaan surua. Lulun muuttunut olemus sai Nickin pelkäämään naista. *Oliko nainen hullu?* Nicki mietti. Samaan aikaan hän selasi uusinta iltapäivälehteä ja katseli Merikin kuvaa. Auto oli jätetty hieman sivuun, rantatien tuntumaan. Toivottavasti se antaisi virkavallalle kuvan Merikin viimeisestä teostaan, riistää itseltään henki hukuttautumalla. Puhelin soi.

- Hei Nicki, oletko palannut jo Suomeen? Ääni oli Inneken.

Inneken äänestä paistoi itsevarmuus ja uudenlainen voima, mitä Nicki ei ollut tiedostanut aiemmin. *Hänellä täytyy olla uusi suhde*, Nicki ajatteli ja tunsi piston sydämessään.

- Olen kyllä, viime viikonloppuna. Olen ollut täällä kaupungissa, sillä en tiennyt sinun tunteistasi minua kohtaan. Haluatko, että tulen kotiimme vielä? Olen miettinyt eroa. Inneke oletko nyt aivan varma tästä? Nickin äänestä huokui lievä pettymys tilanteeseen.

Inneke huomasi yllättyvänsä Nickin yllättävästä nöyristelystä. *Mitä tuolle miehelle oli tapahtunut? Ensin hän kiusaa minua erinäisillä naisjutuillaan, huikentelevalla ja välinpitämättömällä käytöksellään ja nyt selkä seinää vasten on, kuin eri mies. Mutta tämä kaikki tapahtuu liian myöhään.* Inneke ajatteli.

- Sten haluaa tavata sinut. Hän haluaa sinut ulos firmasta. Inneke vastasi, kuin ei olisi kuullutkaan Nickin anelua avioliiton jatkumisesta.

Nicki katseli ulos hotellin ikkunasta tuijottaen samalla kaupungin uusia luksustornitaloja. Hän oli menettänyt viikossa kodin, Inneken, ehkä tyttärensä kunnioituksen sekä vanhuuden turvansa, firman. Mennyttä olisivat myös seikkailut Merikin kanssa. *Voi Luoja. Merikki! Miten tämä voi olla mahdollista? Olen keskellä painajaista.* Nicki tunsi veren pakenevan kasvoiltaan. Olo oli yhtä aikaa levoton ja heikko. Puhelin soi jälleen. Näyttö paljasti soittajaksi Lulun. Nicki katsoi puhelimen näyttöä epäuskoisesti. Hänen oli onnistunut välttelemään Lulun yhteydenottoja pari päivää. Nyt hän katsoi puhelintaan ja tunsi pelkoa naista kohtaan.

- Hei, Onko kaikki hyvin? Lulu kysyi hunajaisella äänellään.

- Hei Lulu. Olen ollut aika… Noh, väsynyt. Tiedäthän… Aviokriisi päällä, Jetlag ja … Ai niin, yksi viaton murha. Nicki vastasi sarkastisesti.

- Tiedät, että se nainen olisi tuonut vain lisää harmeja kaikkeen. Sitä paitsi hän tähtäsi sinua aseella. Mitä minun olisi pitänyt tehdä? Jättää sinut siihen? Lulu puolustautui.

Nicki ei tuntenut tarvitsevansa henkivartijaa elämäänsä. Hän olisi kyllä selviytynyt Merikistä. Se nainen ei olisi tehnyt kärpäsellekään pahaa, Nicki tiesi sen. Tällä hetkellä hän oli onnistunut sotkeutumaan murhaan sekä naiseen, joka ei tuntunut olevan samanlainen kuin edelliset salasuhteet.

 Nickin päässä soi outo lastenloru, mitä Lulu oli hyräillyt tiputtaessaan Merikin ruumiin veteen. *Halusiko hän sittenkään Lulusta yhtään enempää? Nainen oli todella kylmäverinen. Oliko hän myös vaarassa, jos kyllästyisi naiseen?* Mitä hän voisi sanoa Lululle, ettei käynnistäisi jotakin peruuttamatonta tai lisää harmia elämäänsä?

- Lulu. tarvitsen nyt omaa aikaa. Toivon, että ymmärrät? Minulla on liian monta asiaa hoidettavana yhtä aikaa. Nicki sanoi alistuneesti.

- Tietenkin ymmärrän. Haluan sinun myös tietävän, että olen valmis tekemään puolestasi mitä vaan. Anna minun auttaa. Tiedän jo nyt, miten ratkaisemme ongelman nimeltä Inneke. Lulu sanoi nopeasti ja sulki puhelimen.

Nicki tiputti puhelimensa lattialle ja huudahti:

- Hullu!

Lulu käveli puhelun jälkeen takaisin lempihuoneeseensa, yrttitarhaan. Hän katseli ympärilleen, meni Sormustinkukan liepeille ja katsoi ylpeästi kasvia. Kukan juurella pilkotti jotakin kimmeltävää. Se oli muisto Ranskasta, Ménerbesistä. Mullan sekaan oli laitettu suuri rubiinisormus. Hän asetteli kukan juurelle myös toisen sormuksen. Tämä sormus oli paljon vaatimattomampi kuin edellinen.

xxx

10. LUKU

Uutiset kertoivat Merikki Kerolan katoamisesta. Katoaminen ei todennäköisesti olisi ylittänyt valtakunnan uutiskynnystä, ellei lähialueella olisi tapahtunut outo kuolema ja mahdollinen tappajakin kulki vielä vapaana. Suuri yleisö kiinnostui opettajan yllättävästä katoamisesta ja sai mielikuvituksen laukkaamaan kahvipöytäkeskusteluissa. Kerolan auto oli myös löytynyt rantatieltä.

Rebeccakin seurasi uutista suurella mielenkiinnolla. Hän oli aina rakastanut rikostarinoita ja nyt niitä tuntui olevan hänen lähellään enemmän kuin tarpeeksi. Samaan aikaan ulko-oveen koputettiin. Hän tunnisti jo koputuksesta Inneken hennon kutsun.

- Tule sisään. Kom hiit! Oletko jo kuullut opettajan katoamisessa? Auto on kuulemma löytynyt, Rebecca tiedotti Innekeä.

- Opettajan katoaminen? Missä? Oliko autossa hänen ruumiinsa?

- Auto oli tyhjä. Eikö olekin uskomatonta. Olisiko aviomies tehnyt jotakin. Vet du, näitähän on nykyään paljon täällä Suomessakin, Rebecca jatkoi noteeraamatta Inneken kysymystä enempää.

Inneke tuijotti pientä uutisnauhaa kuvaruudun alla. Merikki Kerolasta jotakin tietäviä pyydetään ottamaan yhteyttä suoraan keskusrikospoliisiin.

- Merikki Kerola!

- Inneke, vad händer nu? Tunnetko hänet?

- Hän on Katrinan luokanvalvoja. Inneke yritti peitellä järkytystään siinä kuitenkaan onnistumatta.

- Mitä tämä kaikki tarkoittaa? Tuntuu, että olet Inneke tämän kaiken tapahtuman keskiössä, Rebecca sanoi mietteliäänä.

Maj – Brit katseli mietteliäänä vanhaa rinnetaloa harjun pohjoisrinteellä. Hän ei voinut vieläkään uskoa, miten sattuma oli tarjoillut Lulu Hasbian hänelle kuin tarjottimella. *Viimeinkin on tilinteon aika.* Maj – Brit ajatteli.

Talo näytti tyhjältä. Erwin oli kiertänyt talon takapihalle ja näyttänyt Maj-Britille merkin, ettei asukas ollut kotona. Hän käveli ripein askelin kohti Erwiniä ja livahtivat yhtä nopeasti sisään taloon. Erwinin tausta huijarina ja herrasmiesvarkaana pääsi tänään jälleen oikeuksiinsa, kun hän taitavin ottein tiirikoi lukot auki.

Hän katseli samaan aikaan tarkkaan ympärilleen, kun käveli ripein askelin rappusia pitkin ylempään kerrokseen. Silmät mittailivat paikkoja, mihin voisi piilottaa näppärästi yhden pienen kameran.

Maj-Brit aukaisi kiinni olevan oven. Kosteahko ilma tulvahti ulos huoneesta. Hän otti varovaisesti muutaman askeleen eteenpäin samalla pälyillen hermostuneesti ympärilleen. Astuessaan sisään huoneeseen, hämmennys kasvoi entisestään. Todistaessaan toinen toistaan upeampaa kukkaloistoa ympärillään,

Maj –Brit tarkasti jokaisen kasvin erikseen, kuin etsiäkseen merkkiä jostakin. Erään ruukun kohdalla henki salpautui kuin salamaniskusta. *Minun sormukseni! Olin oikeassa. Olemme tekemisissä psykopaatin kanssa!* Hetken mielijohteesta hän kaivoi multaa sormuksen ympäriltä ja otti sormuksen talteen. Hän katsoi ihmetyksen vallassa kukkaruukkua. Mullan seassa välkehti myös toinen sormus.

Hän katsoi siroa kultaista sormusta ja tekstiä sormuksessa: *"Marko ja Merikki, ikuisesti sinun."*

Maj – Brit tunsi kylmänväristyksiä ottaessaan sormuksen käteensä. *Voi ei...* Hän kääntyi aloiltaan ja sulki huoneen oven suuren inhon vallassa.

Samassa ulkoa kuului ääniä.

- Auto ajoi pihaan. Erwin huudahti.

- Tule, mennään alakertaan, nopeasti. Maj- Brit sanoi.

He kuulivat oven avautuvan ja jonkun kävelevän sisään. Maj-Brit kuuli oman hengityksensä raskaana ja äänekkäänä. Askeleet olivat tulossa alakertaan. He olivat piilossa vanhassa kylmiössä. Viileys tuntui vieläkin, vaikkei se ollut ollut käytössä enää vuosikymmeniin. Askeleet lähestyivät ja pysähtyivät. Hetki tuntui ikuisuudelta. Äänet jatkuivat tauon jälkeen ja askeleet kulkivat kylmiön ohi takaisin portaita pitkin ylös.

Kiinni jääminen oli ollut todella lähellä. Onnekseen he pääsivät livahtamaan takaoven kautta ulos talosta ja metsänreunaa kulkien tielle, omalle autolleen. Erwin oli asentanut kameran takan reunuksella olevan sammakkopatsaan silmään. Se oli keskeisellä paikalla talossa, joten kuvakulma oli laaja. Suojaisessa järvenrantahuvilassa Erwin ja Maj - Brit katselivat häpeilemättömästi Lulu Hasbian omituista elämää kameran välityksellä.

- Katso Maj – Brit! Erwin huudahti, katsoen samalla kameran välittämää kuvaa Hasbian viehättävästä kodista.

- Tämähän on deittisivusto? Etsiikö nainen seuraa täältä, vai mikä paikka se on? Erwin katseli kuvassa olevan naisen kiivasta kirjoittamista mainosten kyllästämälle sivustolle.

Maj- Brit siristi silmiään nähdäkseen tarkemmin. *Toden totta. Naisella on verkot vesillä moneen paikkaan yhtä aikaa.* Hän ajatteli.

- Erwin, ota selvää, mikä sivusto on kyseessä ja soluttaudu sinne. Emme voi päästää näin hyvää tilaisuutta menemään ohitse.

Onko sinulla toinen suhde? Nicki tuijotti Innekeä taukoamatta odottaen vastausta.

He olivat sopineet tapaamisen paikallisen kahvilaan. Nicki ei voinut uskoa, miten upealta Inneke hänen silmissään näytti. Hoikka, sorja olemus, aurinkoiset ja rypyttömät kasvot ja upeat vaaleanruskeat hiukset, jotka valuivat kauniisti olkapäille. *Mitä Innekelle oli tapahtunut?* Hän oli pukeutunut rennosti myötäileviin farkkuhin ja väljään oliivinvihreään neuleeseen. Musta nahkatakki ja punainen Pradan olkalaukku täydensivät hänen rentoakin rennompaa tyyliä. Inneken kevyt meikki ja huulikiille olivat täydelliset siihen tilanteeseen.

- Kysytkö sinä todellakin minulta sitä? Inneke hymähti vahingoniloisesti.

- Inneke, minulla on ollut aikaa miettiä, meitä. En edes tajunnut, miten paljon kaipaan sinua, kosketustasi ja läsnäoloasi. En voi elää ilman sinua! Nicki parahti.

- Luuletko sinä todellakin, että lankean syliisi kuin epätoivoinen yksinäinen parka. Kaiken tämän jälkeen! Tiedätkö, minullakin on ollut aikaa miettiä. Ja siihen miettimiseen en ole tarvinnut toista suhdetta. Olen vain ymmärtänyt, että olen elänyt koko tähänastisen elämäni muita varten, muiden ihmisten varjossa. On erittäin vapauttavaa löytää itsensä. Ja varsinkin, kun näkee elämänsä vasta nyt alkavan.

Nicki kuunteli Inneken vuodatusta kauhunsekaisin tuntein. *Mitä ihmettä luulin saavuttavani tällä tapaamisella. Inneke oli liiankin itsevarman oloinen. Miten en ollut osannut varautua tällaiseen lopputulokseen.* mies ajatteli.

Nicki ja Inneke poistuivat kahvilasta yhtä aikaa. He hyvästelivät toisensa kadunkulmassa yllättävän lämpimästi tilanteesta huolimatta. Asiat olivat vielä auki, eikä Nicki aikonut luovuttaa Inneken suhteen näin vähällä. Nicki mietti, missä Inneke mahtoi viettää yönsä, sillä kotona hän ei ollut selvästi ollut kuin pieniä pätkiä Nickin loman aikana.
Ripein askelin hän päätti palata hotellilleen ja nukkua päiväunet. Mielessään Nicki toivoi, että tämä kaikki olisi vain pahaa unta ja kaikki olisi niin kuin ennenkin.

Nainen katseli kadun kulmassa miestä. Hänen kasvonsa olivat vääristyneet irvistyksen kaltaiseen asentoon. Oikea nyrkki hieroi vasenta kämmentä rajuin liikkein.

Miksi hän tekee minulle tämän? Voisin tuoda hänen eteensä kaiken, mitä hän tarvitsee. Kaiken! Mitä tuossa mitättömän oloisessa naisessa on enemmän kuin minussa? Oliko koko matka ollut vain unta? Olinko minä vain korvike?

Naisen päässä kysymykset risteilivät yhtä aikaa, kun pettymys ja mustasukkaisuus kasvoivat isona, mustana möykkynä hänen sisällään.

xxx

Pentti Hyppönen istui paikallisessa kyläbaarissa ja siemaisi pitkillä vedoilla oluttaan. Vielä kaksi viikkoa sitten kaikki oli ollut toisin. Nyt hänellä oli enemmän ongelmia, kuin olisi voinut uskoakaan. Miksi tytön piti tulla juuri sillä hetkellä paikalle ihmettelemään? Hyppönen puristi oluttuoppiaan lujaa pulleilla, pienillä sormillaan. Hän tunsi samaan aikaan kohinan korvissaan.

- Tarjoilija! Tuokaa mulle toinen. Hän huusi kovempaa kuin oli aikomus.

- Tarkotat sie neljäs? Nuori asiakaspalvelija tokaisi.

Pitääkö tuonkin olla niin näsäviisas? Pentti Hyppönen ajatteli kasvavan ärtymyksen vallassa.

- No vaikka viides! Nyt sitä märkää kuppiin ja sassiin. Hän komensi nuorta tarjoilijaa.

- Tuodaan kun keritään. Tyttö tokaisi takaisin sanavalmiina.

Jostain kumman syystä Pentti Hyppönen ei uskaltanut heittää nukkea roskakoriin. Hän oli katsonut ehkä liikaa poliisisarjoja. Näissä sarjoissa kadonneet tavarat murhapaikoilta löytyivät aina uusien todisteiden ja dna:n kera. Hän ei tiennyt, miksi oli ottanut nuken matkaansa.

Hetken mielijohde oli saattanut hänet tukalaan tilaan. *Miksi edes yritin selittää Violalle niin älytöntä tarinaa räsyisestä nukesta. Eihän se uskonut minua alkuunkaan. Aliarvioin Violan täysin. Jossain toisessa käsikirjoituksessa Viola olisi uskonut tarinan täysin, ja hän olisi saanut täydellisen alibin sammuneena mättäälle.* Pentti Hyppönen ajatteli.

Hän oli ollut aivan varma, että oli tullut nähdyksi rannalla. *Siellä oli sinä aamuna liikaa ihmisiä paikalla. Outo, uusi naapuri, kenellä ei varmasti ollut puhtaita jauhoja pussissa, oli luullut olevansa suojassa, katsellessaan naapurinsa "helppoheikin" toimia lehmusten suojassa.*

- Ja se piruparka! Kirsikka. Pentti parahti lähes ääneen.

- Mitä sie virkkoilet siinä? Tarjoilija herätti Pentin hetkellisesti.

- Tässä on oluesi, seuraappa vähän, miten monta vielä kestät. Mie en sinnuu täält pois kanna. Jatkoi hän tomerasti.

- No varmasti et kanna! Ite itteni kannan. Niin ku tähänkin asti. Pentti Hyppönen huudahti närkästyneenä.

No, en voinut muuta. Pentti syventyi jälleen ajatuksiinsa.

Se tyttö oli paljastanut hänet itse teossa. Yksi väärä ihminen ja hänet olisi yhdistetty heti varkauksiin. Kirsikan oli poistuttava. Pentti ei ollut keksinyt mitään muuta keinoa, kuin seurata tyttöä ja odottaa, milloin iskeä. Tietenkin hänen oli pitänyt valita se yö ja aamu, kun ranta oli täynnä elämää.

Nickin ja tuntemattoman naisen soidinmenot olivat saaneet hänetkin oudon kiihkon valtaan ja olivat vähällä pilata koko hienon suunnitelman. Silloin oli tapahtunut jotakin odottamatonta. Pari poistui nopeasti paikalta ja outo naapuri hävisi myös sisälle talonsa sopukoihin.

Kirsikka oli lähtenyt kahlaamaan rantaveteen ja hän oli tajunnut tilaisuutensa tulleen. *Nyt, jos koskaan.* Hän ajatteli tuolloin. Pentti oli ottanut rannan pelastusveneen ja lähtenyt lipumaan hiljalleen kohti Kirsikkaa. Tyttö oli jähmettynyt tyylilleen uskollisena paikoilleen ja loppu olikin ollut Pentille lasten leikkiä.

Nukke oli jäänyt kellumaan veteen. Pentti oli ottanut nuken käteensä tajuten jättäneensä jälkensä räsynukkeen. Tai niin hän ainakin luuli.

xxx

11. LUKU

Inneke oli vuokrannut itselleen täydellisen talon rinteeltä, järven rannalta. Talon kalteva piha päättyi rantaveteen. Hän tunsi, kuinka energia virtasi uudella tavalla läpi kehon.

Vihdoinkin tunnen eläväni! Nainen ajatteli. Nickin olemus oli ollut kaikkea muuta, mitä hän oli odottanut tapaamisella. Hetken Inneke oli tuntenut jopa sääliä miestä kohtaan.

Mutta sääli ei ole rakkautta. Oliko sitä edes koskaan meidän välillämme? Olenko elänyt koko elämäni toisen ihmisen kautta? Inneke mietti ja kulki kylpytakki päällään rannassa olevaan pieneen saunamökkiin. Pärekori keikkui kyynärtaipeessa huolettomasti mukana. Korissa oli muutamia hemmottelutuotteita ja pieni pullo Cavaa. *Vain minä itse,* Inneke hymyili ajatuksilleen.

Saunan lempeät löylyt hemmottelivat Inneken väsynyttä mieltä ja kehoa. Hän ei muistanut, milloin viimeksi olisi saanut näin kokonaisvaltaisen elämyksen ja samalla tyhjennyksen päänsisäisille raskaille asioille elämässään.

Rantaviiva näkyi pitkälle niemenpoukamaan ja syysillan hämärtyessä Inneke näki myös naapurimökeissä eloa. *Jos eroaminen tuntuu näin hyvältä, voisin tehdä tämän toistekin.* Innekeä hymyilytti sarkastinen huumori, mikä osui ja upposi juuri tähän tilanteeseen ja tähän iltaan. Viola olisi ylpeä hänen osuvasta kommentistaan. Seura oli ehkä tehnyt tehtävänsä.

Kauimmaisessa mökissä kuului puheensorina ja rytmikäs musiikki. *Nuorisoa paikalla kenties?* Hän mietti. Jostain syystä hän tunsi olevansa turvassa täällä, korpimetsän ja vesien ympäröimänä, satunnaisten ihmisten huomassa.

Aika kului kuin hetkessä saunamökin ihanassa lämmössä ja kaukaisten äänien ympäröimänä. Musiikki oli tauonnut kuin itsestään ja puheensorina yltynyt. *Mitä nyt? Oliko nuorten keskuudessa humalatila ottanut vallan?* Inneke mietti. Hän käveli laiturin päähän katsomaan pimeyteen ja kuuli satunnaisia sanoja sieltä täältä.

-Mitä siellä on? Vesi kantoi ääntä kuin ihmiset olisivat olleet vieressä. Myös viereisen huvilan pariskunta oli tullut ihmettelemään melua. *Pitääkö minun reagoida tähän?* Siellä tapahtuu selkeästi nyt jotakin, hän mietti.

- Hei! Viereisen huvilan mies huikkasi yht'äkkiä Inneken suuntaan.

-Hei hei! Tulin vain tähän ihmettelemään, onko tuolla tapahtunut jotakin? Inneke vastasi ja lähti kulkemaan rantaa pitkin naapurin suuntaan.

Huvilan uumenista käveli ulos myös keski-ikäinen nainen. Inneke arvioi, että pariskunta ei ollut täkäläisiä. Huvilan seinustalla latautui sähköllä käyvä Cupra.

Nainen heilutti myös kättään Innekelle tervehdykseksi ja katseli huolestuneena toisen huvilan suuntaan.

- Erwin ole kiltti ja mene katsomaan, onko tuolla kaikki hyvin? Maj-Brit huudahti ja viittoi samaan aikaan Innekeä luokseen. Erwin nyökkäsi naiselle ja lähti kävelemään nopein askelin naapurihuvilalle.

- Hej, olen Maj - Brit Karlson, myöhäisellä lomamatkalla täällä, luonnon kauniissa maisemissa.

- Hei hei, Inneke Carlenius, olemme ilmeisesti naapureita?

- Kyllä! Huomasimme ilmeisesti molemmat, että tuolla tapahtuu jotakin hyvin omalaatuista tällä hetkellä. Oletko ajokuntoinen, jos tarvitsemme nopeaa sairaankuljetusta? Maj – Brit kysyi.

- Kyllä, olen tämän illan mennyt vain yhden pienen Cavan voimalla, joten olen valmiina. Samalla Inneke katseli flanellista yöasuaan, mutta ajatteli, että se oli murheista pienin, jos hän voisi pelastaa jonkun ihmisen hengen. Olihan hän koulutukseltaan sairaanhoitaja, vaikkei ollut ammattiaan koskaan harjoittanutkaan.

Huvilan rannalle oli kokoontunut kymmenkunta imettelevää nuorta, kun Erwin saapui paikalle.

- Onko täällä kaikki hyvin? Hän huikkasi tuttavallisesti.

- Ei todellakaan! hysteerisesti itkevä nuori nainen soperteli kauhuissaan.

Erwin käveli hitaasti kohti nuoria, katsellen samalla uteliaasti mökin ulkopuolelle kokoontuneita nuoria. Eräs nuorista oli liukastunut märällä laiturilla ja vaikeroi kovaan ääneen pidellen samalla kiinni nilkastaan.

- Oletteko soittaneet jo hälytyskeskukseen? Erwin kysyi huolestuneella äänellä saaden nuoret mulkoilemaan itseään ilmeellä, ettei hätäkeskukseen soittaminen tulisi kyseeseen lainkaan.

- Ei olla soitettu... Vielä. Joku vastasi epävarmasti.

- Miksi ette? Nilkka vaatii lääkärin katsomisen. Sehän on aivan turvoksissakin. Erwin moitti nuoria.

- Me... Tuota... Meillä ei ole ikää olla täällä. Sami joutuu vaikeuksiin, jos poliisit hokaa, että ollaan täällä... Hmm päihtyneinä, eräs nuorista selitti vaivautuneena.

Maj – Brit ja Inneke kävelivät myös kohti huvilaa. He eivät tienneet, mitä odottaa. Tytöt nojasivat toisiinsa nyyhkyttäen ja pojat olivat kokoontuneet laiturin päähän.

- Mitä täällä on tapahtunut? Tarvitsetteko apua? Maj – Brit puhutteli nuoria lempeästi.

- Kallen nilkka on poikki, emmekä voi soittaa apua! Yksi tytöistä huudahti selvästi järkyttyneenä.

Inneken valtasi outo, huolestunut tunne. Hän käveli laiturille ja kumartui katsomaan pojan turvonnutta nilkkaa. Laiturin kelmeä lamppu loi valon suoraan naisen kasvoille, kun hän tutki jalkaa ammattitaitoisesti.

- Sinä tarvitset pikaista hoitoa tähän. Epäilen, että nivelside on saattanut jopa katketa, ainakin venähtää. Nilkka on nyt kivulias, mutta tarvitset siihen liimasiteen, joka tukee nilkkaasi ja laskee turvotusta jalassa. Kipulääkkeistä puhumattakaan. Maj – Brit ja Erwin katsoivat toisiaan ja sitten Innekeen.

 - Meillä saattaa olla huvilalla sidekamppeita. Jos tarvitset niitä? Maj – Brit sanoi.

- Tehdään niin. Minä sidon nilkkasi, mutta yhdellä ehdolla. Te ilmoitatte kotiin jo tänään, missä olette ja mitä on tapahtunut, Inneke sanoi. Hän tunsi, että oli tehnyt tänään päivän hyvän työn.

Inneke oli sitonut pojan nilkan taidokkaasti Maj-Britin tuomilla ensiaputarvikkeilla. Inneke, Maj – Brit ja Erwin katselivat myöhemmin, kun vanhemmat hakivat jälkipolveaan vuoron perään huvilalta, ajaen poispäin mutkikasta tietä pitkin. Nuoret olivat joutuneet lopettamaan juhlintansa.

Tämän jälkeen Inneke oli kuin yhteisestä sopimuksesta kävellyt Maj – Britin ja Erwinin vanavedessä heidän huvilalleen puimaan illan tapahtumia.

- Saako olla olutta? Kunnon saksalaista Paulaneria? Erwin tarjosi Innekelle.

Inneke otti oluen vastaan ja joi siitä pitkän siemauksen. Oluen mieto maku yllätti Inneken. Olut oli juuri sopiva juoma tähän hetkeen.

- Uskomatonta, miten nuoret ajattelivat, ettei apua soitettaisi, Maj – Brit aloitti.

- Sano muuta. Nuoret ovat joskus niin naiiveja, Inneke jatkoi.

Illan saatossa ja alkoholin rentouttamana Inneke oli kertonut paljonkin elämäntilanteestaan, petollisesta aviomiehestään ja uudesta naapuristaan.

- Olen saanut todistaa viime aikoina mitä ihmeellisempiä tapahtumia elämässäni. Ei vielä se, että kotirannastamme naarattiin ylös eräs nuori neito, myös hyvä ystäväni yritettiin murhata. samaan rantaan. Ja nyt tämä… Tämä… Merikki. Niin tiesittekö te, että tämä opettaja, Merikki on nyt kadoksissa? Hänen autonsa löytyi tuolta rantatieltä muutama päivä sitten. Inneke jatkoi.

- Jotenkin tuntuu, että kaikki tapaukset nivoutuvat tavalla tai toisella minuun. Voin kai teille, tuntemattomille ihmisille, paljastaakin. Teen avioeroa. Siksi olen täällä. Miehelläni on todennäköisesti ollut suhde tähän kadonneeseen naiseen, Merikki Kerolaan. En ole vahvoilla todistaakseni syyttömyyttäni, Inneke avautui ja yllätti avoimuudellaan itsensäkin. Onko tämäkin uutta Innekeä? Ei enää pidättäytynyt harmaahiirulainen, vaan avoin, räväkkä ja suora.

Maj-Brit kuunteli tarkkaavaisesti ja ymmärsi yhdistää asioita mielessään. *Tämän naisen täytyy olla Heleniksi esittäytyneen naisen naapuri. Ja mies, kenet hän näki Ecuadorissa, olikin tämän naisen mies.*

- Mieheni lähti ilmeisesti uuden naapurin kanssa reissuun ja tämä toinen suhde jäi lehdelle odottelemaan. Inneke tyhjensi nyt päätään jo spekuloiden samalla tilanteita. *Miksi tämä kaikki tuntui nyt nivoutuvan kuin kohtalon oikusta yhdeksi ja samaksi, sekavaksi lankakeräksi*, hän ajatteli.

Erwin nyökkäsi Maj – Britin puoleen, joka aloitti kertomaan tarinaansa sen alkujuurista lähtien. Nyt oli sen aika. Hän kertoi veljensä oudosta kuolemasta, salaperäisestä naisesta Ranskan linnassa, Ecuadorista ja siitä, kuinka oli kuin ihmeen kautta törmännyt maapallon toisella puolella naiseen, jonka luuli olevan nimeltään Helen.

Helen oli paljastunut henkilöksi Lulu Hasbia, joka asui nyt toisella puolella maailmaa, pienessä kylässä vetten ja vaarojen keskellä. Paikka oli tunnettu siitä, että suurin osa sen asukkaista oli muuttanut muualta, lähelle luonnon rauhaa, tehden työtä luonnon, kulttuurin tai teknologian parissa ilman toimiston seiniä.

Inneke kuunteli epäuskoisena Maj – Britin kerrontaa ja sen edetessä hän tunsi, kuinka kurkkua alkoi kuristaa. Hän tajusi, kenen kanssa Nicki oli ollut matkalla.

- Meidän on pysäytettävä Lulu! Inneke huudahti. Vaikka tuleva ex-mieheni onkin todellinen niljakas, hän on kuitenkin lapseni isä. En voi antaa sallia, että hänelle tapahtuu mitään pahaa.

- Kysymys onkin siitä, toimimmeko me vai toimiiko viranomaiset? Olen kulkenut pitkän matkan löytääkseni veljeni murhaajan. En kestä ajatusta, että lainsäädäntö päästää tämän naisen jonain päivänä vapaaksi. Maj – Brit tunsi hengästyvänsä. Hän ei ollut vieläkään päässyt yli veljensä kuolemasta.

- Meidän pitää todellakin toimia. Otan yhteyttä Rebeccaan ja Violaan. Inneke huudahti. Hän tunsi elävänsä pitkästä aikaa enemmän kuin koskaan aiemmin.

Samassa Erwinin matkapuhelin antoi äänimerkin kertoen saapuneesta viestistä. Erwin katsoi merkitsevästi Maj-Britia.

- Saalis on tarttunut koukkuun.

- Hyvä. Maj – Brit vastasi.

Rebecca ja Viola istuivat Rebeccan suuren ja valoisan keittiön pöydän äärellä. Viola tuijotti tyhjällä katseellaan ulos ikkunasta. Näkymä oli huikea. Järven pinta oli tyyni, mutta pieni tuulenvire heilutti rannan tuntumassa olevia haapoja kuin viulunsoittaja jousiaan. Luonnon luoma illuusio Violan päässä sai lisää hauskoja vertaiskuvia. Haavan moniväriset lehdet vilkkuivat tuulessa kuin suuri konserttiyleisö, joka taputti villisti käsiään yhteen. Vastarannalta siinsivät Kolin upeat huiput. Näkymä sai haukkomaan henkeä kenet vain.

Beccalla on ollut tuuria, kun oli saanut tämän upean villan itselleen ja Bobille, Viola ajatteli.

Rebecca rikkoi hiljaisuuden ja sanoi
:
- Vet du, Viola, minulla on sellainen tunne, että pian tapahtuu jotakin.

Rebeccan uteliaisuus ja tiedonjano oli saanut uusia ulottuvuuksia. Hän oli joka ilta ennen nukkumaanmenoa katsonut naapuriaan Lulu Hasbiaa salaa verhojensa takaa. Sama rituaali toistui myös aamuisin, herätessä. Eräänä varhaisena aamuna hän oli nähnyt Lulun tulevan kotiin. Hahmo oli kulkenut hieman kumarassa ja ajatuksiinsa vaipuneena. Hahmossa oli samaan aikaan jotakin viehättävää ja pelottavaa, jopa vastenmielistäkin. *Miten samassa ihmisessä korostuu niin monta eri piirrettä?* Rebecca huomasi ajattelevansa.

Viola pyöritti isoa teekuppia, kuin hakeakseen teen tuomaa lämpöä kylmille sormilleen. Päässä pyöri monenlaista ajatusta yhtä aikaa.

- Entä jos Lulu on vaan ihan normi mieshaukka? Keräilee ukkomiehiä? Niinhän sinä sanoit, että olit kuullut hänen tokaisseen? On todella vaikea uskoa hänestä niin pahoja asioita. Toisaalta, olet oikeassa

Becca, silloin alkoi tapahtua outoja kuolemia sen jälkeen, kun Lulu muutti naapuriin.

Viola ajatteli samalla myös Pentti Hyppöstä. Mikä Pentin sanoissa oli laukaissut hälytyskellot hänen suhteensa? Jokin pieni asia hänen käytöksessään paljasti Violalle enemmän kuin hän olisi halunnut tietää.

- No just det. Mieshaukka nyt ainakin. Rebecca hymähti mielikuvalleen.

Samassa Rebeccan matkapuhelin aloitti soimisen. Ilmoille kajahti mahtipontinen ja vastaamaan vaativa soittoääni *Amazing grace*. Viola näytti käsimerkein Rebeccalle menevänsä olohuoneen puolelle. Hän kuuli, kuinka Rebecca vastasi puhelimeensa itselleen tyypilliseen tapaan vastaamalla, *Vem där?*

Viola lysähti suureen ja miellyttävän tuntuiseen nojatuoliin ja heitti jalat huolettomasti rahille. Sitten se kolahti. vastaus, joka olisi ollut koko ajan lähellä, muttei ollut tullut näkyväksi. Pentti Hyppönen oli sanonut Violalle, että Kirsikka on hukutettu. Mistä hän olisi voinut tietää kuolinsyytä? Sitä ei ollut vielä julkistettu missään. Pentti Hyppönen väitti myös löytäneensä metsästä nuken, mutta myöhemmin korjasi lausettaan, että joku oli laittanut nuken hänen viereensä.

Tiesin, että tässä on jotakin hämärää, Viola ajatteli.

Rebeccan kiihtynyt ääni kuului keittiöstä. Viola yritti heristellä hetken kuullakseen, mutta tarttui kuitenkin hetken mielijohteesta puhelimeensa ja otti puhelun poliisille.

Marraskuun koleus tuntui takin läpi, kun Nicki käveli ripein askelin kohti hotelliaan. Ajatukset kulkivat vuoroin Merikin elottomissa kasvoissa ja Lulun hulluuden sumentamissa silmissä. Hän olisi halunnut pyyhkiä kaikki ajatukset pois ja palata kolmen viikon takaisiin tapahtumiin, kun kaikki oli vielä toisin. Nicki nosti takin kauluksia lähemmäs kasvojaan. Hän ei voinut ymmärtää, miten oli sekaantunut murhaan ja samalla menettänyt sen elintason, jonka eteen oli tehnyt suuria uhrauksia. Inneken itsevarmuus ärsytti ja samalla ihastutti.

Täytyi olla jokin keino, miten tästä selvittäisiin. Nicki ajatteli levottomasti. Ajatus kiinnijäämisestä sai hänet voimaan pahoin. Inneke olisi ainoa ihminen, joka voisi antaa hänelle täydellisen alibin.

- Hei. Lulu ilmestyi kuin tyhjästä Nickin eteen. Et ole vastannut viesteihini? Onko jokin vialla? Lulu kysyi viattomasti seisoen Nickin edessä. Mies kavahti yllättävää kohtaamista askeleen taaksepäin.

- Mitä sinä täällä teet? Oletko hullu? Emme saa näyttäytyä yhdessä. Joku voi nähdä meidät. Nicki huudahti hätääntyneenä.

Lulu katseli miestä huvittuneena, samalla kallistaen hitaasti päätään. *Kuinka tyhmänä tuo koreileva, arrogantti mies häntä pitikään*? Lulu ajatteli. Heidän väliltään oli kadonnut kaikki se mystisyys ja jännitys, mikä vallitsi vielä muutama päivä sitten. Kylmyys tuntui nyt entistä purevammin syksyisessä alkuillassa. Molemmat katsoivat toisiaan tietämättä, mitä seuravaksi tapahtuisi.

- Eiköhän nyt vain jatketa molemmat elämäämme tahoillamme ja unohdetaan tämä. Lupaan, etten tule koskaan lähellesi tai edes tunnustaisi tuntevani sinua yhtään paremmin kuin naapurina, Nicki sanoi viileästi.

- Tämäkö meni nyt sitten näin? Oletko unohtanut, etten ole tässä yksin. Mitähän tapahtuu, kun tutkijat löytävät opettajattaren sormuksen uuden karheasta autostasi? Niin… Yksi nimetön soitto vain ja olet mennyttä. Lulun silmät leiskuivat kuin liekki, kun hän sylkäisi sanat suustaan.

Sormuksen? Minkä sormuksen, Nicki ajatteli kauhunsekaisin tuntein. *Oliko Lulu todellakin varmistanut oman selustansa näin kierolla tavalla. Kenen kanssa hän olikaan tekemisissä?*

- Otatko sen riskin, että en kertoisi sinun osuudestasi Merikin kuolemaan? Miksi et jätä minua rauhaan? Meillä oli kivaa, mutta ei muuta.

Nicki yritti olla itsevarma, mutta pinnan alla kuohui. Hän tunsi yhä enemmän kasvavaa inhoa naista kohtaan. Miten hän olikaan edes voinut kiihottua hulluuden perikuvasta, joka näytti hänen silmissään vanhalta, katkeralta ja vastenmieliseltä ihmisrauniolta.

Samassa Lulu kaivoi taskustaan tutun näköisen esineen. Aseen nokka osoitti suoraan Nickiä. Rantatiellä ei näkynyt ristin sieluakaan. Alkuillan hämäryys oli muuttunut hetkessä pimeydeksi. Kaksi tummaa hahmoa kävelivät rinta rinnan kohti valaistua, modernia siltaa.

- Et voi olla tosissasi Lulu! Mitä sinä haluat minusta? Nicki kysyi anelevalla äänellä.

- Hiljaa! Nyt pelataan. Totuutta ja tehtävää. Lulu painoi aseen tiukemmin Nickin kylkeen ja ohjasi häntä kohti siltaa. Äläkä edes epäröi, ettenkö voisi käyttää tätä, ladattua asetta. Merikki oli hölmö, aseessa ei ollut ollut edes panoksia, mutta nyt on. Lulu hymähti ja nautti vallantunteesta, joka hänellä oli tilanteessa.

Nainen käskytti Nickin sillankaiteelle aseella uhaten. Nicki mietti, miten enää voisi selviytyä tästä. Ketään ei näkynyt missään. *Miten se oli edes mahdollista, keskisuuressa kaupungissa ja kadut autioina.* Nicki ajatteli kasvavan pakokauhun vallassa.

- Sääntö numero yksi, pysy totuudessa. Jos totuus ei miellytä minua, pääset suorittamaan tehtävää. Lulun katse oli hyytävä. Mikään kasvoilla ei paljastanut epävarmuutta tai empaattisuutta. Kasvot olivat paitsi vitivalkoiset, myös kylmät. Naisen ilmeettömyys korostui vielä enemmän sillan kelmeässä valaistuksessa.

- Noniin. Mitä sinä halusit minusta, oliko meillä seksin lisäksi koskaan yhteyttä? Olinko minä tärkeämpi kuin Inneke? Tai Merikki? Lulu kysyi vaativasti.

Nicki istui pakotettuna sillankaiteella ja mietti ensimmäistä kertaa elämässään sanoja, jotka pelastaisivat tilanteesta.

- Ihastuin sinuun. Ajatuksiisi, olemukseesi ja kaikkeen, mitä edustit silmissäni, itsenäisyyteen. Mutta Lulu, pelkään, mitä nyt tapahtuu? Tämä ei ole oikein. En ole murhaaja. Etkä sinäkään ole. En halua sinulle mitään pahaa. Minä…Yritän suojella sinua. Sinä…Sinä olet kiehtova nainen. Minä…Välitän sinusta!

Nickin päässä risteilivät samalla kaikki totutut fraasit, mitä hän tiesi. Vielä ei ollut aika poistua näyttämöltä. Nainen oli hullu, sen hän jo oli ymmärtänytkin, mutta mikä oli avain pelastautumiseen?

Samassa kaukaa sillan toisessa päässä lähestyi mies juoksuaskelin. Lulu painautui kohti Nickiä ja painoi asetta vielä kovempaa kylkeä vasten.

- Hiljaa. Lulu sihahti Nickille tiukkaan sävyyn huulten välistä.

Lenkkeilijä ohitti pariskunnan nopeasti. Katse pysyi tiukasti. Nicki tajusi tilaisuutensa tulleen. Hän yritti saada aseen haltuunsa uhkarohkealla liikkeellä tarttuen Lulun käteen.

Ilmeettömät kasvot muuttuivat raivon ja hulluuden sekoitukseksi, kun hän tönäisi miehen valtavalla voimalla kaiteen yli synkkään virtaan.

Lulu kuuli oman hengityksensä raskaana huohotuksena. Tuttu adrenaliini virtasi pitkin Lulun kehoa, niin kuin vuosia sitten, Hennyn kuolinkamppailua seuratessa. Nicki jäi virran armoille ja painautui nopeasti veden alle. Kuun pyöreä muoto valaisi kalpean valonsa muodostaen kauniin sillan veden pintaan.

Hallitsematon nauru kaikui hetken autiolla siltatiellä. Lulu katseli ympärilleen hyräillen tuttua laulua ja heitti aseen samalla kaiteen yli. Oli ollut lastenleikkiä valehdella Merikin sormuksesta Nickille. Nyt olisi aika laittaa suunnitelman toinen osuus täytäntöön.

- Hei, onko hätäkeskus? Näin juuri miehen hyppäävän virtaan Sompasillalta. Olen Helena Rautiainen. Kyllä. Läpikulkumatkalla tässä.

Puhelun loputtua Lulu irrotti prepaid-kortin puhelimestaan ja tiputti sen lähimmän puiston roskakoriin. Hän murskasi kengänkorollaan puhelimen, hymynkare huulillaan. Olallaan hänellä oli tuttu kangaskassi, sisältäen passin ja pienen kangaspussin. Lulu pysähtyi hetkeksi puiston pimeään syleilyyn ja sanoi hiljaa, *Jää hyvästi Nicki.* Oli aika jatkaa jälleen matkaa.

xxx

12. LUKU

Pentti Hyppönen havahtui kauhtuneelta nojatuoliltaan. Oliko se ollut ovikello? Tähän aikaan illasta? Kenellä olisi voinut olla asiaa tähän aikaan illasta? Olohuoneen pöydän täytti tyhjät oluttölkit ja avattu vodkapullo. Tällä kertaa oveen koputettiin vaativasti.

- Avatkaa! Täällä on poliisi!

Mitä ihmettä, Mitä nyt tapahtuu? Pentin mielen valtasi pelko. Oliko poliisi hänen ovensa takana?

- Tullaan, tullaan! Hän yritti rauhoittaa mielensä ja hoiperteli avaamaan ovea.

Oletteko te Pentti Hyppönen? Poliisi kysyi käskevään sävyyn.

- Kyllä, mistä on kyse? Pentti näytti hämmästyneeltä.

- Olkaa hyvä ja tulkaa mukaamme, haluamme kuulla teitä liittyen Kirsikka Leppäsen kuolemaan.

Pentin keho tuntui raskaalta. Oliko joku sittenkin nähnyt hänet? Mitä nyt tapahtuisi? Hän vilkaisi keittiön ikkunastaan pihamaalle ja näki kaksi poliisin tunnuksilla olevaa autoa. Naapurit olivat kerääntyneet parvekkeille seuraamaan tilannetta.

- Ettekö te voi kysyä tässä? En tuntenut häntä muuten kuin outona naapurina. Pentti yritti olla mahdollisimman rento ja välitön.

Poliisi ei antanut armoa vaan ohjasi miehen kohti eteistä ja kehotti pukeutumaan nopeasti. Vaihtoehtoja ei olisi.

Kolme päivää eristettynä sai Pentin muuttamaan kertomustaan moneen kertaan. Hänen sanoissaan oli yhä enemmän ristiriitoja keskenään ja se sai näyttämään tilanteen erittäin oudolta. Lopulta hänelle oli kuitenkin helpotus tunnustaa varkaudet, jotka olivat olleet tutkinnassa jo jonkin aikaa.

Pentti Hyppösen todellisuudentaju oli hämärtynyt jo kauan aikaa sitten. Hän ei ollut tajunnut, että varkaudet olivat jo luokaltaan törkeitä. Pentin onneksi miehen olemus oli ollut niin harmiton, ettei kukaan olisi koskaan hetkeäkään epäillyt hyväntahtoisen taloyhtiön hallituksen jäsenen olevan syyllinen varkauksiin. Jotkut epäilivät jopa sitä, että entisille asukkaille oli aikojen saatossa jäänyt asuntojen avaimia ja niitä olisi käytetty väärin.

Varkaudet olivat loppujen lopuksi helppo selvittää, kun syyllisyydelle saatiin epäilty. Myös Kirsikka Leppäsen tappaja oli löytynyt, kuin varkain.

xxx

Päivä oli ollut tapahtumarikas. Viola oli ratkaissut mysteerin nimeltä Kirsikka. Se sai Rebeccan ja Inneken epäilemään myös sitä, ettei Lulu olisi sittenkään syyllistynyt mihinkään liian vakavaan. Inneken ja Rebeccan puhelu aamupäivällä oli aukaissut monta salaisuuden lukkoa, mutta jättänyt myös irrallaan roikkuvia kysymyksiä. Suurin kysymys oli, miksi?

Maj – Brit ja Erwin olivat osanneet vakuuttaa Violan ja Rebeccan ajatukseen, että uudella naapurilla oli paljon salattavaa menneisyydestään. Poliisille ilmoittaminen ei kuitenkaan ollut paras vaihtoehto. Maj – Brit oli esittänyt suunnitelman, mikä rikkoi kaiken ennakkoluulon siitä, ettei oikea elämä arjessakin voisi olla jännittävää. Rebecca halusi ehdottomasti olla osa tätä suunnitelmaa. Heikoksi lenkiksi koitui se, ettei Lulua ollut näkynyt moneen päivään missään, eikä lakia voinut rikkoa pelkkien luulojen ja epäilysten varjolla. Juuri kun he, Rebecca, Viola, Inneke, Maj – Brit ja Erwin olivat päässeet yksimielisyyteen siitä, miten seuraavaksi edettäisiin, Inneken puhelin soi pahaenteisesti. Yksi salaisuuksien lukoista oli aukeamassa.

Huoneen hiljaisuuden rikkoi ainoastaan monitorin yksitoikkoinen ääni, joka aina välillä piti pienen tauon, kuin unohtaakseen, miten rytmissä pysytään. Kalustus oli niukka. Vain pieni pöytä tuoli ja peti täynnä tekniikkaa. Sälekaihtimet olivat kiinni. Ilmastoinnin hento hurina kertoi myös syvästä hiljaisuudesta.

Inneke istui epämukavalla penkillä katsellen miehen runneltua olemusta. Kasvot olivat turvonneet muodottomiksi. Kauneudesta ei ollut enää tietoakaan. Miehen molemmat jalat olivat kääreissä. Silmät olivat puolittain kiinni. Inneke katseli miestä surun murtamana. *Mitä ihmettä sinulle tapahtui tänään?* Hän huomasi ajattelevansa.

Puhelu oli tullut yllättäen. Inneke oli ajanut sairaalaan niin nopeasti kuin kykeni. Soitto matkalla tyttärelle, että isälle oli tapahtunut jotakin todella kamalaa ei ollut saanut odotettua reaktiota. Tytär ei tuntenut isäänsä tarpeeksi hyvin, että suuria tunteita olisi ollut, vaikka kyse oli elämästä ja kuolemasta. Nicki oli löydetty tajuttomana vedestä. Tuntematon soittaja oli todennäköisesti pelastanut Nickin hengen, jos mies jäisi eloon. Ennuste ei ollut kovin hyvä. Asiat olivat saaneet vieläkin oudomman käänteen, sillä hänen aviomiehensä oli ykkösepäiltynä Merikki Kerolan katoamisessa. Inneke ei voinut käsittää, että hän oli kaiken tämän keskiössä. *Oliko Nicki todella muuttunut niin paljon, että oli yrittänyt riistää itseltään hengen?* Inneke ajatteli. Tämä oli aivan eri Nicki, minkä hän oli oppinut tuntemaan.

xxx

Vaaleahiuksinen nainen istui lentokenttähotellin aulassa. Hänellä oli kädessään päivän lehti, mitä hän tutki tarkasti, kuin etsien tiettyä uutista löytämättä sitä. *Miten tämä voi olla mahdollista? Eikö vieläkään mitään? Onko ruumista edes löydetty?* Hän mietti levottomasti.

Jos kaikki olisi mennyt, niin kuin oli suunniteltu, olisi hän jo kaukana Suomesta. Lento Karibialle oli peruuntunut viime hetkellä ja nyt hän odotti, milloin uusi lähtöaika toteutuisi. Syksyn hurrikaaniaika oli sotkenut lennot täysin. Menolippu odotti siis käyttöään toiselle mantereelle.

- Anteeksi, tässä tilaamanne kuohuviini, olkaa hyvä, kuivana ja kylmennettynä ja kahdella lasilla.

- Kiitos! jättäkää siihen, nainen sanoi viileästi.

Lulun ajatukset harhailivat viime aikojen tapahtumissa. Hän tunsi vahvasti, että Amalia oli saanut ansionsa mukaan. Samalla hän koki, kuinka oli saanut oman henkisen vapautensa piinaavien vuosien jälkeen. Veljestään Lulu ei välittänyt. *Veljeni elää omaa, etuoikeutettua elämäänsä. Tuskin hän edes tietää, olenko edes elossa.* Katkeroitunut ääni hänen sisällään puhui.

Lulu vilkuili kelloaan rauhattomasti ja vilkuili ovelle. Miehen pitäisi olla jo täällä. Samassa aulan ulko-ovi pyörähti auki ja mies astui sisään.

- Hei, pahoitteluni myöhästymiseni. Tiedättehän julkisen liikenteen tuomat haasteet olla ajoissa? Mies hymähti kuivasti. Mies oli pitkä ja charmantti, noin kuusissa kymmenissä oleva komistus. Hänen aksenttinsa ei ollut suomalainen, mutta kommunikointi sujui silti moitteettomasti suomeksi.

- Sinä olet siis seuralaiseni matkalle, nainen sanoi, samalla mittaillen miehen olemusta ja vallatonta hymyä.

- Kyllä, saanko esittäytyä? Nimeni on Erwin. Lulu oli esittäytynyt uudeksi hahmoksi, Helena Rautiaiseksi Erwinille. Hän ei aikonut jättää mitään enää yhden kortin varaan. Jos joku tai jokin taho etsii häntä esimerkiksi ennen Nickin kuolemaa johtavien tapahtumien vuoksi, olisi tärkeää poistua maasta erittäin huomaamattomasti.

Deittisivusto oli tarjonnut hänelle vuolaasti eri-ikäistä seuraa, mutta Lulu ei ollut kiinnostunut seurasta seuran vuoksi, vaan pakenemisen. Kukaan ei tulisi koskaan tietämään, että Helena Rautiainen oli keksitty hahmo Lulun maailmassa. Helena Rautiaista tarvittiin uuteen katoamistemppuun. Lulu ei vain ollut ottanut huomioon sitä, että Helena oli jo ennestään tuttu hahmo Maj – Britille ja Erwinille.

- Niin, matkakohteemme on siis Brasilia ja Rion kuumat yöt? Erwin hymähti ja yritti keventää ilmapiiriä, joka tuntui kovin raskaalta.

- Kyllä, kuumaan Brasiliaan. Olin tosiaankin ehtinyt ostaa lennot Karibialle Grenadaan, mutta Joanna hurrikaani päätti siirtää matkani ja hetken mielijohteesta tulin ajatelleeksi Brasiliaa. Tiedättehän, marraskuun epävakaat säät siellä suunnalla? Lulu tilitti taustojaan liiankin auliisti, vaikka tunnelma oli jäätävä.

Grenadan lento oli ollut hätäinen reaktio Nickin kylmyyteen. Hän oli ajatellut, että mies on sittenkin heikko lenkki ja saattoi paljastaa Kerolan kuoleman vain helpottaakseen omaa oloaan hetkellisesti. Karibian matkan siirryttyä, piti järjestää matka nopeasti muualle. Lulu kirjautui sivustolle, mistä etsittiin matkaseuraa ja miksei muutakin ystävyyttä. Erwin oli ollut heti valmis lähtöön. Hän oli esittäytynyt iloiseksi leskimieheksi, joka rakasti reissaamista ympäri maailman, milloin mihinkin matkakohteeseen. Jossakin toisessa olosuhteessa Lulu olisi saattanut olla miehestä enemmänkin kiinnostunut, mutta tässä ja nyt vaihtoehtoja ei ollut.

- Tiedän tosiaan. Oli minun onneni, että sain matkaseuraa, sillä Brasilia maana on ollut intohimoni ja reissujeni kohde jo vuosikausia. Erwin valehteli sujuvasti.

Lulu mittaili miehen olemusta. Hän ei tiennyt, mikä häiritsi miehen olemuksessa. Kaikki oli ollut liiankin helppoa ja mutkatonta hänen kanssaan.

Oliko totuus sittenkin valhetta, hän ajatteli mielessään.

Matka olisi tarkoitus tehdä yhdessä ja erikseen. He olivat varanneet verkossa hotellit, kuljetukset ja myös yhteisen opastetun kierroksen Rio De Janeiron Corcovadolle ja sokeritoppavuorelle. Oli ollut ihmeellinen yhteensattuma, että mies, Erwin oli ollut niin lähtövalmis. Hänessä oli jotakin tuttua, mutta toisaalta ei kuitenkaan mitään sinnepäinkään. Silti sisäinen vaisto kehotti Lulua olemaan varovainen.

- Oli myös minun onneni. Olen eronnut hiljattain miehestäni ja kaipaan vaihtelua elämääni. En tietenkään tarkoita, että olisit mitenkään matkan aikana minusta vastuussa, mutta yhdessä matkaaminen on tällä hetkellä itselleni turvallisempaa matkaseuralaisen kanssa, kuin yksin. Myös Lulu valehteli sujuvasti.

- Hienoa, tämähän oli sitten meille molemmille onnenpotku. Huomenna iltapäivällä lähdemme siis valkoisin siivin kohti uutta seikkailua. Erwin hehkutti, hieman liiankin imelästi tilanteeseen nähden.

Yhteisesti oli sovittu, että he kohtaisivat seuraavana päivänä Transit alueella hyvissä ajoin ja kävisivät matkasuunnitelmaa läpi läheisessä terminaalikahvilassa.

xxx

Erwin soitti Maj- Britille puhelun Lulun tapaamisen jälkeen. Hän oli hyvin hengästynyt puhuessaan puhelimeen. Erwin tunsi joka solullaan, kuinka vaarallisen naisen kanssa olikaan tekemisissä. Maj- Brit yritti rauhoittaa Erwinia ja antoi viime hetken ohjeita, jotta nainen ei taas häviäisi näköpiiristä. Hän halusi oikeutta veljelleen ja niille, ketkä olivat joutuneet tämän häikäilemättömän naisen uhreiksi joko tietämättään tai osana julmaa peliä.

Maj-Brit istui Rebeccan kodikkaassa keittiössä ja katseli tummuvaa iltaa järvelle ja kauniita kynttilöitä, jotka paloivat Rebeccan takapihalle tehden kynttiläpolun alas rantaan.

- No niin. Lulu on paikallistettu. Hän aikoo huomenna kadota maasta. Hyvä asia on se, että Erwin on mukana tässä suunnitelmassa. Huono asia taas, että me olemme vielä täällä enkä edes tiedä, onko Lulu millään tavoin sekaantunut sen enempää Nickin kohtaloon kuin Merikki Kerolan katoamiseen, Maj- Brit sanoi.

Viola piteli kädessään suurta kahvikuppia ja lämmitteli samalla hieman viileitä sormiaan kuppia vasten. Hän yritti kuunnella tarkkaavaisesti keskustelua, mutta ajatukset menivät väkisinkin Pentti Hyppösen kavaluuteen ja siihen iltaan, milloin hänen oma hengenlähtönsä oli ollut hiuskarvan varassa.

Rebecca kulki rauhattomasti edestakaisin huonetta Violan edessä. Hän nautti tilanteen saamista käänteistä täysin siemauksin, eikä pysynyt hetkeäkään paikoillaan. Viola katseli Rebeccaa. *Rebecca ja Inneke. He kaksi olivat pelastaneet hänen henkensä,* hän ajatteli kasvavan liikutuksen vallassa.

- Me lähdemme kaikki nyt lentokentälle. Se nainen ei saa päästä karkuun, Rebecca julisti juhlallisesti.

- Onkohan se viisasta, Rebecca? Ihme, ettei Lulu epäile jo nyt, että tässä on liian monta sattumaa yhdessä paketissa, Viola sanoi.

- Odottakaa, otan yhteyden Interpoliin, onhan kyseessä etsitty nainen. Nimi on muuttunut matkan varrella moneen kertaan, mutta henkilö pysynyt samana. Parempi, ettemme ole kaikki paikan päällä, mutta tarvitsen kuitenkin jonkun mukaani, joka tunnistaa hänet Lulu Hasbiaksi. Maj- Brit toppuutteli.

- Minä lähden mukaasi Maj-Brit, Rebecca sanoi päättäväisesti.

Erwin katseli huolestuneena vuoron perään kelloaan ja näyttötaulua lähtevistä lennoista. He olivat sopineet Lulun kanssa tapaavansa läheisessä kahvilassa. Maj-Brit ja Rebecca olivat saapuneet aamuyöllä Erwinin viereiseen hotelliin. Suunnitelman toteutus oli viimeistä piirtoa myöten valmis. Maj- Brit oli saanut Interpolin vakuuttuneeksi, ettei Lulua tulisi päästää pois maasta, ainakaan kuulustelematta viime aikaisista tapahtumista.

Sormusten löytyminen Lulun asunnosta, koskien hänen veljensä mystistä kuolemaa Ranskassa ja Merikki Kerolan katoamista Suomessa oli saanut Interpolin kiinnostuksen heräämään. Se tapa, millä sormukset löydettiin, ei kestäisi kuitenkaan täysin päivänvaloa, mutta Maj-Brit ei välittänyt siitä.

Samaan aikaan, sinä marraskuisena iltapäivänä, kun viimeinen kuulutus kaikui lentokentällä, Lulu istui junassa, ravintolavaunussa, matkalla aivan toiseen suuntaan.

xxx

13. LUKU

Jokin Erwinin olemuksessa oli varoittanut Lulua luottamasta hyväkäytöksiseen herrasmieheen. Kaikki oli ollut liiankin täydellistä. Hän oli päättänyt muuttaa suunnitelmaansa ja palaisi vielä kerran tuttuun miljööseen. Lulu halusi myös varmistua, että Nicki oli varmasti kuollut. Oli ollut outoa, ettei illan tapahtumista ollut lehdistössä minkäänlaista mainintaa.

- Onko tässä vapaata? Keski-ikäinen, hyvin puettu mies kysyi, katsellen Lulua uteliaasti.

Ajatukset katkesivat hetkessä, kun Lulu nosti katsettaan ensin pelästyneesti, sitten jo vähän rentoutuneemmin.

- Toki, käy pöytään. Lulu sanoi ja väläytti automaattisesti ammattimaisen lempeän hymyn miehelle.

- Minne matka? Mies jatkoi keskustelua ja siemaili olutta muovimukista.

Ensin Lulu mietti, mitä vastaisi suoraan kysymykseen. Hän ei halunnut liioin seuraa matkalleen kuin tutustua uusiin ihmisiin. Oli tapahtunut liian paljon, että hän olisi voinut keskittyä edes ajatuksen tasolla vastaamaan uskottavasti mihinkään.

- Olen matkalla äitiäni tapaamaan. Hän on voinut hyvin huonosti viime aikoina ja olen hieman huolissani hänestä, Lulu valehteli sujuvasti.

Mies vaikutti olevan työmatkalainen. Hänellä oli mukanaan musta salkku. Laadukkaan näköinen villakangastakki roikkui rennosti käsivarrella. Lulu kiinnitti huomioon, ettei miehellä ollut sormusta sormessaan. Silmäkulmissa ja ja suupielessä näkyi jo ikääntymisen tuomat juonteet. Silti ne toivat hänen ulkonäköönsä karismaa ja luotettavuutta. Jossain toisessa tilanteessa Lulu olisi voinut kiinnostua miehestä.

- Entäpä sinä? Minne matkaat? Lulu jatkoi kevyttä juttelua ventovieraan kanssa.

- Työmatkalla tässä. Nimeni on muuten Heikki, hauska tutustua. Mies vastasi.

Lulu mietti hetken, mitä vastaisi esittelyyn.

- Hauska tutustua Heikki. Olen Helena. Helena Rautiainen.

Samassa Lulu katui sanojaan. Hän oli esittäytynyt Helena Rautiaiseksi myös soittaessaan hätäkeskukseen Nickin mahdollisen kuoleman varmistamiseksi. Hän ei edes tiennyt, etsittiinkö Helena Rautiaista asian tiimoilta, vai oliko turvallista käyttää tätä henkilöllisyyttä lainkaan?

xxx

Junamatka sujui leppoisasti uuden seuralaisen kanssa. Juttelu oli luontevaa ja rentoa pysytellen turvallisissa aiheissa kuten marraskuisessa säässä ja karjalaisessa vieraanvaraisuudessa.

Samaan aikaan Lulun päässä risteilivät synkemmät asiat. Hänen pitäisi jollain konstilla saada tietää, oliko Nicki vielä elossa. Seuraava siirto voisi olla paluu Harjuvaaraan ja soitto paikalliseen sairaalaan kysyen, onko mies kenties tuotu hoitoon sinne.

Lulun silmissä näkyi myös Inneke. Hän ei saanut pois kuvaa, missä Nicki ja Inneke hyvästelivät lämpimästi toisensa muutama päivä sitten kadun kulmassa. Nicki oli pettänyt hänen luottamuksensa pahimmalla tavalla, hylkäämällä hänet kuin nallin kalliolle. Aivan niin kuin oli tehnyt Timokin ja äiti. Samalla Lulu keskusteli sujuvasti matkaseuralaisensa kanssa, kuin mikään viime viikkoina tapahtunut ei olisi koskaan ollutkaan olemassa.

Samassa Heikin puhelimeen tuli viesti. Hän avasi viestin ja näytti hetkessä aivan toiselta ihmiseltä. Huolirypyt näkyivät Heikin otsalla. Hän näytti lukevan viestiä moneen kertaan.

- Anteeksi, minun on vastattava tähän. Heikki sanoi.

- Kaikin mokomin, Lulu vastasi jopa helpottuneena, sillä keskustelu Heikin kanssa olimuuttunut energiaa vieväksi kohteliaisuudeksi.

Lulu tarkkaili Heikkiä sivusilmällä ja huomasi Heikin olemuksen muuttuneen totaalisesti. Hän nousi vaivihkaa tuoliltaan ja tilasi vielä yhden Proseccon VR:n tarjoamasta valikoimasta.

Heikki tuijotti matkapuhelintaan. hän oli saanut tärkeällä merkillä prioriteetilla olevan työviestin, liittyen uuteen tehtävään. Viestissä kerrottiin etsityn naisen tuntomerkkejä. Hiusten väristä ei voitu olla varmoja, mutta hän esiintyi tällä hetkellä Helena Rautiaisena.

Viesti oli tullut Interpolilta. Nainen oli ollut kauan etsittyjen listalla. Heikin työ poliisin erikoisyksikössä ei ollut aivan tavanomainen poliisin virka. Hän oli ollut mukana kiinniottamassa maailman etsityimpiä ja vaarallisimpia rikollisia.

Työtehtävänä oli paikallistaa etsitty nainen, joka käyttää sujuvasti eri henkilöllisyyksiä paetakseen. Nainen istui nyt vastapäätä häntä, eikä ollut matkalla Grenadalle, mikä oli ollut viimeisin tieto. Valvontakameran kuvista pystyttiin paikantamaan Lulun askeleet tarkasti hotellin aulasta toiseen hotelliin ja sieltä juna-asemalle, ei lentokentälle, niin kuin kaikki luulivat. Tällöin Heikki astui mukaan kuvioon ja soluttautui Lulun seuraan yllättävän helpostikin.

" Kiireellinen, vastapäätä minua, Pendolino S7. Mahdollinen epäilty", Heikki kirjoitti viestin toivoen, että siihen reagoidaan nopeasti.

Sisäinen levottomuus kasvoi Lulun sisällä. hän ei luottanut mihinkään eikä kehenkään. Jokin matkaseuralaisen olemuksessa oli saanut Lulun sisäisen hälytyskellon soimaan. Mitä tapahtui sille leppoisalle ja turvallisen tuntuiselle kaverille, jonka silmissä näkyi alussa lempeä katse, mutta nyt pisteliäs ja pälyilevä.

Lulun taito oli lukea ihmisiä kuin kirjaa. Hän oli tällä ominaisuudellaan pelastanut itsensä lukemattomia kertoja. Pako Ranskan Ménerbesistä oli ollut huikea. Kiinnijäämisen pelko oli saanut hänet suoriutumaan moninkertaiseksi olympiamestariksi pakenemisen ja katoamisen saralla. Tunne oli samalla polttava, mutta äärimmäisen kiehtova. Jännityksen tuoma adrenaliini virtasi Lulun koko olemuksessa. Tällä hetkellä hän sai samoja varoittavia signaaleja, kuin vuosia sitten Jensin sisaresta ja päivää aiemmin Erwinin suhteen.

Haastetta pakenemiseen toi Pendolino. Se pysähtyisi enää vain yhden kerran ennen päätepysäkkiä. Lulu mietti kuumeisesti, kuinka pääsisi poistumaan junasta sen kriittisimmällä hetkellä. Heikki yritti kaikkensa, että olisi ollut mahdollisimman rento. Jotakuta muuta hän olisikin voinut huijata rentoudellaan, muttei Lulua.

Oliko wc tuolla päin? Lulu osoitti edellistä vaunua ja teki lähtöä paikaltaan. Juna liikkui salamannopeasti eteenpäin.

Heikin puhelimeen tuli uusi viesti. Lulu käytti tilaisuuttaan hyväkseen ja poistui luontevasti seuraavaan vaunuun. Heikki jäi tuijottamana puhelintaan.

"Saamme napattua hänet seuraavalla asemalla. Älä laske häntä silmistäsi" Helpommin sanottu kuin tehty, mies ajatteli kyynisesti. Samassa hän tajusi, ettei Lulu istunut enää häntä vastapäätä. Juna oli jo pysähtynyt.

- Ei hitto! Heikki huudahti napaten mukaan päällystakkinsa ja mustan salkun.

Hän säntäsi vauhdikkaasti ulos ravintolavaunusta ja jonotti muiden ihmisten letkassa ulospääsyä ratapihalle.

- No mutta, jäätkö sinä nyt jo pois? Luulin, että meillä on sama matka? Lulu huikkasi iloisesti Heikille ahtaassa odotustilassa.

Heikki katseli Lulua kasvavan epäuskon vallassa. Nainen oli vielä junassa. Mitä ihmettä hän voisi sanoa tähän, ettei menettäisi uskottavuuttaan. Mies huomasi, että jännitti naisen seurassa normaalia enemmän. Oliko hän tulossa vanhaksi, kun ote lipsui näin paljon?

- Itseasiassa olin matkalla wc:hen, mutta jäin kiinni tähän väentungokseen. Heikki valehteli sujuvasti.

Pendolino jatkoi matkaa hitaasti kiihdyttäen. Lulu ja Heikki palasivat takaisin ravintolavaunuun.

"Olin oikeassa. Miehessä on jotakin hämärää." Lulu ajatteli.

- Ottaisimmeko yhdet uudelle tuttavuudelle? Anna minun tarjota sinulle. Mitä juot?

Lulu hymyili valloittavasti ja oli jo hakemassa oluttuoppia, ennen kuin Heikki ehti vastustamaan edes ajatuksentasolla.

Oireet tulivat nopeasti. Heikki tunsi, kuinka näkökenttä hämärtyi, tuoden samalla jäytävän päänsäryn. Hän katseli iloisesti juttelevaa naista vastapäätä, eikä voinut ymmärtää, mistä huonovointisuus tuli näin yllättäen. Kurkkua kuristi ja hengitys tuntui salpautuvan. *Mitä ihmettä tässä tapahtuu?* Hän oli lievän pakokauhun vallassa. Heikki tunsi, kuinka häneen tartuttiin kainaloista ja talutettiin varmoin ottein läheiseen junahyttiin. Hän kuuli sanan sieltä ja täältä, muttei pystynyt enää ymmärtämään, mistä oli kyse.

- Tuhannet kiitokset avusta. Lulu sanoi konduktöörille, joka oli taluttanut miestä toiselta puolelta.

- Tosiaan, mieheni sai allergisen kohtauksen ja hän tarvitsee adrenaliinin lisäksi nyt pienen lepohetken. Kuinka voisin kylliksi kiittää teitä ammattitaitoisia ihmisiä, ketkä ymmärsitte tilanteen heti? Hän jatkoi vuolaasti kiittäen.

Lulu kaivoi pienestä matkalaukustaan injektiokynän ja pisti sillä tottunein elkein Heikkiä reiteen.

- Ei mitään hätää rakkaani, kohta helpottaa. Täällä on niin ammattitaitoinen henkilökunta, että sain sinut nopeasti avun äärelle, hän valehteli sujuvasti.

Hetken varmistuakseen, ettei miehellä ollut hätää naisen hellässä huomassa, konduktööri poistui kohteliaasti jatkaakseen työtehtäviään. Hän ei tiennyt, että tästä illasta oli tulossa hänen työuransa pisin ilta.

xxx

Asema oli täynnä junasta pois jääviä ihmisiä. Virkavaltaa tuntui olevan myös liikkeellä entistä enemmän. Kukaan ei kuitenkaan kiinnittänyt huomiota lastenvaunuilla olevaan naiseen, jonka pään peitti suuri huivi ja nilkkoihin asti oleva popliinitakki oli rennosti auki. Olkapäällä roikkui tutunnäköinen kangaskassi.

Hylätyt lastenvaunut löytyivät läheltä siltaa. Ne olivat aiheuttaneet huolta lähialueen ulkoilijoissa, kuin myös junassa olevalle nuorelle pariskunnalle, ketkä olivat joutuneet röyhkeän varkaan uhreiksi.

Lulu oli kirjautunut pieneen huoneistohotelliin omalla nimellään. Hän katseli peiliin tuijottaen peilikuvaansa. Kalpeat kasvot muutamilla pisamilla ja hätäisesti vaalennettu tukka saivat hänet näyttämään kuluneelta, vanhentuneelta ja jopa pelottavalta. Haaleanvihreät silmät olivat tyhjät ja ilmeettömät.

Hän levitti hiuksiinsa uutta väriainetta, mikä peittäisi vaalennetun hiuksen täydellisesti. Pituus hiuksissa ulottui jo olkapäille. kärsivällisesti nainen nosti suortuva kerrallaan hiuksiaan ja levitti väriä siveltimellä. Lopulta koko pää oli väriaineen peitossa. Hänen alastoman vartalonsa peittona ei ollut mitään.

Lulu ihaili itseään peilistä ja hyräili hiljaa: *"Tik Tak, Tik Tak, Kello löi yksi, kello löi kaksi, minä tulin iloisemmaksi. Kello löi kolme ja neljä kertaa..."* Peilipöydällä oli lompakko ja lompakon päällä henkilökortti ylikomisario Heikki Kortelaisesta, Vati – ryhmästä.

14. LUKU

Inneke istui sairaalan tarjoamalla nojatuolilla ja luki kirjaa ääneen. Mikään hänen lukemastaan ei jäänyt mieleen. Lukeminen oli terapiaa sille, että jotain piti tehdä. Samassa hän kuuli hennon voihkaisun Nickin suunnalta ja lopetti lukemisen.

- Kuuletko minua? Nicki, oletko hereillä? Inneke kysyi toiveikkaasti odottamatta kuitenkaan kenenkään vastaavan.

Pahin turvotus Nickin kasvoilta oli jo laskenut. Inneke ei voinut tunteilleen mitään. Kyyneleet valuivat pitkin poskia valtoimenaan. Hän rakasti vieläkin tuota miestä. *Aivan liikaa, tiedän*, Inneke ajatteli epätoivoissaan. Hän katsoi kelloaan ja katsoi ulos pimeyteen. *Minun pitäisi jo lähteä*, hän mietti. Nainen otti pöytätasolta tyhjän pahvimukin, rutisti sen ja heitti roskiin. Hän nousi nojatuolista ja käveli huoneesta ulos. Hetken päästä hoitaja katsoi pienestä huoneikkunasta sisään ja sanoi samaan aikaan puhelimeen.

- Kyllä rouva Carlenius, kyllä. Teillä on oikeus tulla mihin aikaan tahansa miestänne tapaamaan. No kyllä, vointi on nyt ollut stabiili. Todennäköisesti huomenna voimme keventää lääkitystä ja voimme herätellä pikkuhiljaa miestänne.

Inneke jonotti sairaalan kahviautomaatilla uutta Take a away kahviaan. Hänen silmänsä osuivat viereisen sohvaryhmän pöydälle jätettyyn iltalehteen ja siinä olevaan kirkuvaan otsikkoon. *"Vaarallinen murhaaja paljastui."* Voi ei, Pentti, miksi, *oi miksi?* Inneke parahti. Hän otti kahvinsa automaatista ja jäi lukemaan juttua mielenkiinnolla.

 Samaan aikaan sairaalan hissistä askelsi reippain askelin lyhyellä polkkatukalla oleva ruskeaverikkö iloisesti hyräillen. Inneke ei voinut lukea enempää. Hän otti lehden ja viskaisi sen lähimpään roska-astiaan.

- Hei, teillä onkin jo vuoro vaihtunut. Ajattelin jäädä yöksi tällä kertaa. Voisitteko tuoda minulle patjan mieheni huoneeseen 247? Inneke sanoi sairaanhoitajalle vastaanottotiskin takaa.

Polkkatukkainen nainen seisoi selin Innekeen ja luki keskittyneesti sairaalan ohjeita vierailijoiden suhteen. Hän ei ollut vielä ehtinyt esittelemään itseään vastaanotolle.

- Anteeksi, kuka te olittekaan? Sairaanhoitaja kysyi hämmentyneesti.

- Inneke Carlenius, Nicki Carleniuksen vaimo, hän vastasi närkästyneenä.

Tämä hoitaja ei tainnut tietää mistään mitään, Inneke ajatteli kasvavan ärsytyksen lisääntyessä.

- Aivan, te soitittekin tuossa jokin aika sitten? Sairaanhoitaja jatkoi.

Inneke katsoi hölmistyneenä sairaanhoitajaa ja tuntemattoman asiakkaan selkää. Ei hän ollut soittanut. Hän oli ollut aamut ja illat ympäri vuorokauden Nickin vierellä. Tämä hoitaja ei ollut selkeästi ollut läsnä hoitajien raporttiaikana.

Hän palasi Nickin huoneeseen jo haalean kahvinsa kanssa. Hän päätti soittaa Rebeccalle. Jokin vaisto varoitti lähellä olevasta vaarasta.

Ruskeaverikkö vilkaisi kelloaan ja poistui nopeasti sairaalaosaston vastaanotosta. *Kuinka lähellä kaikki olikaan taas ollut. Mutta nyt tiedän, että Nicki on vielä elossa. Palaan huomenna uudelleen.*

xxx

Rebecca oli päivittänyt tilannetta Innekelle. Lulu oli jälleen kadonnut, eikä kukaan tiennyt, missä hän oli. Inneke kertoi, kuinka tuntematon nainen oli kysellyt Nickin vointia ja esittäytynyt häneksi, vaikka hän oli samaan aikaan Nickin äärellä. Rebecca pyysi Innekea olemaan varovainen. He molemmat olivat tulleet siihen lopputulokseen, että Lulu oli sittenkin jossain lähettyvillä ja halusi satuttaa Nickia. Inneke tiesi, miten aikoi toimia. Hänen pitäisi vain saada oikeat ihmiset ajoissa kiinni.

- Sten. Ihanaa kun vastasit näin nopeasti. Tarvitsen apuasi. Haluan, että Nicki siirretään yksityiseen sairaalaan. Minulla on suuri epäilys, että hänen henkensä on vaarassa.

Yön pikkutunteina sairaankuljetus kävi noutamassa potilaan siirrettäväksi yksityiseen sairaanhoitoon. Siirto oli lähes näkymätön ja tapahtui nopeasti. Inneke oli silminnähden helpottunut ajaessaan sairaankuljetuksen takana ja saaden Nickin turvaan vaaralta, mitä ei itsekään kunnolla hahmottanut.

Tumma hahmo käveli hitain askelin kohti suurta, vanhaa villaa. Hän katseli ympärilleen kuin olisi pelännyt tulevansa nähdyksi. Avain soljui lukkoon yhtä helposti kuin ensimmäiselläkin kerralla.

Kangaskassi tipahti eteiseen pimeässä. Hän käveli tottunein askelin kohti tiettyä huonetta. Oli pakko tarkistaa, olivatko sormukset vielä paikoillaan.

Miten hän olikaan ollut niin huolimaton ja jättänyt sormukset oman onnensa nojaan. *Merikki Kerolaa etsittiin ja hänen katoamisensa yhdistäminen minuun voisi olla kaikin tavoin kohtalokasta.* Hän tiesi kokemuksesta, että totuus oli taruakin ihmeellisempää. Sormuksilla oli myös vahva symboliikka. Se kuvasti hänelle täydellistä kuolemaa. Hän oli voittamaton ja siitä merkkinä sormukset. Kukaan ei pääsisi koskaan hänen tasolleen tässä taiteenlajissa, mitä hän edusti.

Lulu avasi oven ja näpäytti nurkkaan päälle kelmeän valon. Kaikki näytti olevan ennallaan. *Hyvä*, hän ajatteli. Sormustinkukka näytti yksinäiseltä ja oli aloittanut talvehtimisen. Nainen tuijotti kukkaa pitkään. Hän upotti sormet multaan puolittaisen epäuskon ottaessa vallan.

Sisäinen vaisto oli varoittanut jostakin lähestyvästä uhasta, mutta mistä? Sormukset olivat poissa.

- Ei! Ei! Eiiih! Hän kirkui.

Silmät leiskuen ja kasvot vihaan vääristyneenä hän heitteli kasveja suurella voimalla lattialle. Raivo oli

niin suunnaton, ettei sitä olisi voinut hillitä kukaan.
Sinä yönä järvenrantavillasta kuului eläimellistä
huutoa, itkua ja vaikerrusta. Eikä kukaan ollut sitä
taaskaan todistamassa.

xxx

15. LUKU

Aamu sarasti, kun Inneke palasi takaisin pieneen piilopirttiinsä. Hän ei olisi halunnut mitään muuta, kuin painaa päänsä pehmeälle tyynylle ja vaipua syvään uneen.

Sitä vastoin hän käveli pitkin pientä polkua alas rinnettä pitkin rantaan. Jo kaukaa hän erotti Erwinin auton viereisen huvilan edessä. *He olivat siis palanneet takaisin pääkallopaikalle,* Inneke mietti. Samassa hän näki terassilla tutun hahmon.

- Rebecca! Hei! Olet täällä? Inneke huudahti ystävälleen.

Rebeccan näkeminen oli samaan aikaan ihanaa ja myös uuvuttavaa. Väsymys teki Inneken rauhattomaksi, vaikka mieli oli silti levollinen.

- Men hej lilla Inneke! Rebecca tervehti tuttuun tapaan Innekea ja hymyili leveästi. Väsymystä ei näkynyt hänen olemuksessaan.

Miten tuo nainen voi näyttää aina niin virkeältä ja levänneeltä? Inneke hymähti mielessään.

Rebecca, Maj – Brit ja Erwin olivat ajaneet suoraan huvilalle lepämään ja miettimään seuraavaa siirtoa. Väsymys näkyi kaikissa muissa paitsi Rebeccassa. *Hän voisi tuolla energialla siirtää vaikka vuoria*, Maj – Brit ajatteli mielessään.

- Bob on tällä hetkellä tapaamassa siskoaan, joten minulla on aikaa ratkoa tätä hyvin erikoista casea nimeltään Lulu Hasbia. Ylhäinen, you know? Rebecca sanoi ja virnisti.

Maj – Brit viittilöi Rebeccaa ja Innekea tulemaan sisään huvilaan.

- Katsokaa! Erwin asensi viimeksi kameran Lulun kotiin. Näettekö? Siellä on joku. Pieni valonkajo näkyy oikeassa yläkulmassa.

- Meidän pitäisi soittaa poliisille? Inneke sanoi hiljaisella äänellä.

- Ei, Maj Brit kommentoi nopeasti. Tarkoitan, että Suomessa salakuuntelu tai kameroiden asentaminen yksityiseen kotiin ei ole sallittu, vaikka kyseessä olisikin kovan luokan psykopaattitappaja. Me vesittäisimme koko jutun.

 Ska vi gå till Harjuvaara? Rebecca sanoi oudon kiihkon vallassa. Häntä ei pidättelisi enää mikään.

Aamu oli jo pitkällä, kun auto starttasi kohti Harjuvaaraa. Se kuljetti neljää vaitonaista ihmistä pitkin hiekkaista rantatietä. Kukaan heistä ei tiennyt, mitä seuraavaksi tapahtuisi. Olivatko he myöhässä vai oliko Lulu odottamassa heitä. Jokainen heistä kuitenkin oli päättänyt, että Lulun pakomatka tulisi tiensä päähän tänään. Viimeistään tänään.

xxx

Erwin hiipi talon takaosaan, alas loivaan rinteeseen. Tumma vesi rannassa kertoi, että lunta voisi tulla minä hetkenä tahansa. ilma oli jäätävä. Ikkunoista ei nähnyt mitään. Hän avasi hitaasti jälleen kerran takaoven ja hiipi hiljaa sisälle taloon. Vaikutti siltä, että talo oli tyhjä. Lulu oli ollut jälleen heitä nopeampi. Maj – Brit astui samasta ovesta sisään ja oli aidosti harmistunut. *Miksi se nainen on aina askeleen edellä häntä?*

Inneke oli jo niin väsynyt, että halusi nopeasti nukkumaan. Rebecca tarjosi yösijaa Maj – Britille ja Erwinille. He ottivat kutsun vastaan ja päättivät mennä levolle Rebeccan hulppeaan villaan.

Inneke jatkoi askeliaan viereiseen, kadun päässä sijaitsevaan suureen taloon. *Tämä olisi viimeinen yöni tässä talossa*, hän päätti.

Hän katseli kolkon näköistä eteistä ja tunsi vilunväristyksiä. Tunnelma sisällä oli vieras. Jostain kajasti hentoa valoa. Inneke ei tuntenut oloaan turvalliseksi.

- Hei Inneke. Ääni kuului olohuoneesta.

Inneke säpsähti kuin sähköiskusta. Lulu istui olohuoneen massiivisessa nojatuolissa tyhjä katse tuijottaen ja osoitti aseella Innekea. Hänen ympärillään paloi kymmeniä kynttilöitä. Ne valaisivat Lulun kasvoja ja paljastivat mielipuolisuuden. Paksut verhot olivat vedetty ikkunoiden peitteeksi.

xxx

Rebeccalla oli levoton olo. Hän ei osannut nukkua. Hän oli käynyt savukkeella takapihan terassilla ja katseli Inneken ja Nickin taloa mietteliäästi. Hänellä oli suora näkymä talon takapihalle. Terassin portti repsotti auki tuulen ottaessa siihen kiinni. Rebecca imi savukettaan pitkin vedoin ja katseli järvelle.

Aamu ei tuntunut valkenevan lainkaan. Uneton yö alkoi tuntumaan Rebeccassakin jo fyysisesti. Hän ei muistanut, milloin elämässä olisi ollut näin paljon hurjia tapahtumia, kuin tämä syksy oli tarjoillut.

Heidän turvalliseen naapurustoonsa oli tullut kertaheitolla säpinää Lulun myötä. Myös Pentti Hyppösen toinen puoli oli ollut yllätys kaikkinensa. Hän vilkuili taas naapuriin. Jokin pieni asia häiritsi häntä, mutta mikä?

Erwin ei myöskään osannut nukkua. Hän tuli Rebeccan seuraksi suurelle terassille ja sytytti savukkeen. Maj – Brit oli huomautellut hänelle tupakoinnista ja sen vaaroista usein. Ehkä Maj – Brit olikin saanut Erwinin vähentämään tupakointia, muttei kuitenkaan lopettamaan. Tällä hetkellä hän sytytti savukkeen omasta mielestään ansaitusti. Sen sijaan Maj – Brit oli nukahtanut Rebeccan pehmeälle sohvalle. Erwin ei hennonnut enää herättää häntä.

- Uni ei tule sinullekaan? Rebecca totesi Erwinille ja sytytti jo toisen savukkeen.

Molemmat tuijottivat järven suuntaan pää täynnä ajatuksia.

- Ovi! Miksi tuo ovi on auki? Rebecca huudahti.

Molemmat katsoivat toisiaan merkitsevästi. Seuraavaksi katseet siirtyivät ja Inneken ja Nickin talon terassille. Rebecca olisi voinut vannoa, että ovi oli kiinni vielä eilisaamuna. nyt se takoi tuulen voimasta auki. Tuuli ei ollut saanut salpaa auki, mutta joku muu kyllä.

Erwin tumppasi savukkeen ja lähti kulkemaan Rebeccan puutarhan läpi kohti Inneken taloa. Rebecca seurasi Erwinia kasvavan levottomuuden vallassa, saaden sykkeensä nousemaan ja korvat humisemaan. Ajatukset risteilivät edestakaisin. Huoli Innekesta kasvoi joka askeleelta.

xxx

- Mitä sinä haluat minusta, Lulu? Etkö ole vielä aiheuttanut tarpeeksi kaaosta ympärillesi? Inneke sanoi ääni hieman väristen.

- Mitä minä haluan sinusta? Minä haluan päästä eroon ihmisistä, jotka haluavat hankaloittaa elämääni. Luuletko sinä, hienostoperheen kasvatti, että olisit minun yläpuolellani? Lulu sähisi takaisin.

Inneke ajatteli pelonsekaisessa mielessään, ettei häntä pelastaisi enää mikään. Tämä nainen oli todellakin hullu. Hänen maailmaansa ei mahtunut pettymyksiä. Jos niitä kuitenkin tuli, ne raivattiin mielivaltaisesti pois, omalla tyylillä, lopullisesti.

- Miksi halusit tappaa Nickin? Ymmärsin, että olit viehättynyt hänestä? Inneke jatkoi urheasti, provosoitumatta. Hän ei antanut Lulun aggressiivisen olemuksen viedä kontrollia.

- Nicki valitsi väärin. Hän ei tajunnut, miten paljon olin valmis antamaan hänelle. Hän valitsi väärin! Lulun kasvot vääristyivät vihasta ja sai hänet näyttämään ihmisrauniolta.

Inneke oli häkeltynyt Lulun sanoista. Oliko nainen todella niin riippuvainen ihmisistä ja siitä, mitä hänestä ajateltiin? Pettymys tuntui kalvavan naista liikaakin. Mitä hänelle oli tapahtunut, kun maailma oli supistunut näin pieneksi hänen päässään?

- No ammutko minut nyt? Inneke kysyi.

- Tietenkin. Lulu naurahti lakonisesti.

Inneke toimi hetkessä. Hän heitti laukkunsa kohti lattialla olevia kynttilöitä ja sai osan kynttilöistä kaatumaan. Liekit levisivät hetkessä villamatolla, edeten pikkuhiljaa paksuihin verhoihin. Lulu katsoi yllättyneenä Inneken impulsiivista tekoa ja naurahti. *Tästä tulisikin mielenkiintoinen metsästys,* hän ajatteli.

Hän pakeni portaita pitkin rinnetalon alakertaan miettien, missä voisi olla turvassa. Hetken mielijohteesta Inneke oli heittänyt laukun kohti kynttilöitä, ajattelematta, että myös matkapuhelin oli siellä.

xxx

Rebecca ja Erwin olivat jo lähietäisyydellä, lähes talon terassilla, kun he molemmat kuulivat kolinaa sisältä. Erwin huomasi, kuinka terassin sisäovi oli operoitu auki. Nyt hän oli varma, ettei talossa ollut kaikki niin kuin piti. Hän riuhtaisi sisäoven auki, ja näki lattialla kymmeniä kynttilöitä sekä tulen, joka oli levinnyt jo huonekaluihin.

 - Rebecca, älä tule nyt tänne! Hän huusi ja yritti samalla taltuttaa lähimpänä olevaa tulipaloa takillaan. Rebecca ei kuunnellut Erwinia. Mikään mahti maailmassa ei olisi voinut estää häntä tulemasta ja mahdollisesti pelastamasta rakasta ystäväänsä ja naapuriaan Innekea.

- Inneke! Inneke! Var är du? Svara mej! Rebecca huusi. Hän tunsi savun kurkussaan kitkeränä ja hengitys vaikeutui pikkuhiljaa.

Erwin pyöritteli samaan aikaan päätään ja soitti hätänumeroon. Innekea ei näkynyt missään.

Rebecca tiesi, että voisi olla kohtalokasta mennä alakertaan, mistä ei olisi ulospääsyä. Silti hänen oli pakko mennä sinne. Inneke ei saanut kuolla. Ei nyt, kaiken tämän jälkeen.

Hän näki jo rappusten puolessa välissä, kuinka Lulu oli kumartuneena Inneken ylle. Rebecca hyppäsi voimalla rappusten puolesta välistä pudoten lattialle, samalla raivoisasti huutaen. Inneke näytti elottomalta.

- Senkin Helvete noita! Laske irti! Rebecca huusi.

Lulu kääntyi katsomaan hitaasti Rebeccaa ja naurahti ylimielisesti. Hän tähtäsi suoraan Rebeccaa kohti ja laukaisi aseen.

Tämän jälkeen hän ampaisi nopeasti Rebeccan yli ja harppoi portaat ylös tasanteelle. Silmäkulmastaan hän näki Erwinin hahmon terassilla ja kääntyi nopeasti etuovelle. Juostessaan tien yli metsäpolulle, hän ei uskonut onnistuvansa pääsemään enää pakoon tilannetta.

Jostain kaukaa kuuluivat jo hälytysajoneuvojen äänet. Viola käveli polulla, kohti Rebeccan taloa. Eilinen puhelu Rebeccalta kaikkine käänteineen, oli vähintäänkin kutkuttava. Viola heristi kuuloaan. *Tuleeko ne tännepäin?* hän mietti samalla kulkiessaan tietä pitkin.

Samassa hän näki tumman hahmon polun mutkassa. Vaistomaisesti Viola siirtyi polulta hieman kauemmaksi ja piiloutui suuren kuusen taakse. Lähestyessään Violaa, hän tunnisti tutun hahmon. Lulu kulki ripein askelin polkua pitkin. Se oli oiva oikoreitti kylälle, jos ei halunnut kulkea hiekkatietä pitkin. Violan sydän takoi rinnassa täysillä. Hän kirjoitti nopeasti viestiä Rebeccalle. *Mitä ihmettä tässä pitäisi tehdä?*

xxx

Erwinin voimat olivat uupuneet savumyrkyistä. Keuhkot eivät olleet enää priimaa ja hän joutui pinnistelemään, jotta sai taas hengityksensä tasaantumaan. Katse kiersi olohuonetta ja tajusi nopeasti Rebeccan menneen etsimään Innekea. Erwin harppoi askeleilla alakertaan ja löysi naisen makaamasta rappusten juurelta. Hän nosti Rebeccan olkapäälle. Nainen ei reagoinut. *Oliko hän edes elossa enää?* Mies jätti naisen viileälle terassille ja meni uudestaan alakertaan. Tällä kertaa tuli oli levinnyt enemmän suuressa olohuoneessa, tarttuen myös huonekaluihin.

Hän oli tottunut toimimaan ääriolosuhteissa, eikä aikonut luovuttaa. Savukaasut levisivät kaikkialle saaden olon huojumaan. Erwinin päässä oli vain yksi ajatus. Inneke oli myös saatava ulos talosta. Hento nainen makasi maassa ja hengitti raskaasti. Inneke yritti nostaa päätään ja sanoa jotakin.

- Älä puhu. Säästä voimiasi. Minä tiedän, Lulu! Pystytkö ottamaan minusta kiinni? Meillä on nyt kiire, Erwin sanoi.

Myrkylliset savukaasut olivat nousseet olohuoneessa katonrajaan. Erwin ja Inneke pääsivät eteisen kautta etuovelle ja henkeään haukkoen ulkoilmaan.

Samassa siniset kilpaa välkkyvät valot valaisivat tienoon kertaheitolla. Hälytysajoneuvoista juoksevat henkilöt taluttivat Inneken ja Erwinin pois savun sekaisesta pihapiiristä.

- Rebecca! Erwin huudahti. Siellä on ihminen terassilla. Toisella puolella taloa!

Kaksi palomiestä kulkivat pitkin suuren villan seinämää ja sitä kautta takapihalle. Heillä oli mukanaan kokoontaitettavat paarit. Hetken päästä paareissa makasi Rebecca.

- Mitä täällä tapahtuu? Viola oli juossut polulta suoraan Rebeccan talolle ja nähnyt jo kaukaa, ettei kaikki ollut, niin kuin piti. Inneken ja Nickin etupiha oli täynnä hälytysajoneuvoja. Paikalla olivat poliisin edustajat, palokunta ja muutama paikallinen ambulanssi.

Rebecca ei ollut vastannut hänen viestiinsä ja Lulu oli lipunut hänen ohitseen, kuin aave.

Maj – Brit katseli epäuskon vallassa ympärillään tapahtuvaa kaaosta. Hän oli ollut niin lähellä, muttei kuitenkaan tarpeeksi lähellä. Viereinen talo oli jo ilmiliekeissä. Erwin ja Inneke istuivat peitteet yllään ambulanssin takaosassa. Maj – Brit ei saanut tulla lähelle, mutta hän pystyi seuraamaan muiden naapureiden tapaan omituista näytöstä, missä ei tuntunut olevan mitään järkeä.

PROLOGI

- Oj men, min lilla döttrar! Te tulitte minua katsomaan. te ihanat! Rebecca huudahti iloiten.

Robert piteli samaan aikaan Rebeccan kädestä kiinni ja katsoi kaihoisasti häntä. Miten lähellä olikaan ollut, että hän olisi menettänyt traagisesti elämänsä rakkauden.

Viola ja Inneke halasivat yhtä aikaa vuoteessa makaavaa naista. *Miten paljon hänessä olikaan voimaa ja energiaa. Yksi pieni nainen vastasi kokonaista kylää vahvuuksineen,* Viola ajatteli. Rebeccan olkapäätä koristi vieläkin kääre. Luoti oli mennyt vasemmasta olkapäästä läpi, hivuttaen solisvaltimoa.

Inneke tiesi, että ilman Rebeccaa hän ei olisi enää elossa. Sen aamun tapahtumat olivat vieläkin liian hyvin muistissa, vaikka kaikki tuntui tällä hetkellä kaukaiselta ja pahalta unelta. Kolme eri elämänvaiheen omaavaa naista katselivat toisiaan syvän kunnioituksen vallassa. Heitä kaikkia yhdisti rohkeus ja lojaalius. He tiesivät, että tämä kokemus oli tehnyt heistä läheisempiä toisilleen, kuin koskaan aiemmin. Ikkunan sälekaihtimien välistä pystyi näkemään hiljaa tippuvat lumihiutaleet tummenevaa taivasta vasten.

Nicki aukaisi hitaasti silmiään. Jaloissa tuntui lievää pistelyä. Hän ei kuitenkaan kyennyt liikuttamaan jalkojaan. Sairaanhoitaja vaihtoi tippapulloa ja avannepussia. Muistikuvia tuli hetkittäin mieleen. Hänen silmissään vilahti Inneke, Lulu, ja Ecuadorin *Nariz del Diablo* sekavina kuvina, yhä uudestaan ja uudestaan. Lulu oli päättänyt tappaa hänet. Muistikuvia tulvahti hänen leiskuvista silmistään, Merikin viimeisistä hetkistä ja katseesta ennen kuolemaa. Nickin oli tehnyt mieli itkeä, mutta kyyneleitä ei tullut. Tämä kaikki oli tuntunut väärältä, mutta hän ei silti voinut tuntea mitään.

Hoitaja oli saanut työnsä päätökseen ja vinkkasi vaivihkaa silmää Nickille. Mies hymähti sairaspediltään ja väläytti automaattisesti totutun valloittavan hymynsä esille.

Inneke oli myös hoivannut häntä. Aivan kuin ennen vanhaan. Nicki sai nauttia puolisonsa hellästä huolenpidosta ja toivoi mielessään, ettei ero olisi sittenkään lopullinen.

Ovi kävi uudelleen. Lääkäri katseli intensiivisesti edessään olevaa epikriisiä ja käveli lähemmäs. Hän näytti korjailevan tippapullon asentoa ja näpytteli sormenpäillään tottunein elein infuusiopumppua.

- Herännyt kuolleista? Ääni tervehti iloisen tuntuisesti Nickia.

Nicki yritti nostaa päätään varovaisesti lääkärin suuntaan. Tämän äänen hän tunnisti. Pakokauhu hiipi nopeasti vallaten samalla koko kehon. Hän tuijotti Lulun leiskuvan vihreitä silmiä.

xxx